ラルーナ文庫

仁義なき嫁　情愛編

高月紅葉

三交社

CONTENTS

Illustration

猫柳ゆめこ

仁義なき嫁　情愛編

本作品はフィクションです。
実際の人物・団体・事件などにはいっさい関係ありません。

1

「威勢がいいな」

正月の気忙しさから解放された母屋の座敷に、将棋を打つ音が響いた。

泥大島のアンサンブルを着た大滝《おおたき》組長が腕を組む。

将棋盤を挟んで向かい合う佐和紀《さわき》は、紺色の結城紬《ゆうきつむぎ》の襟に手をやった。

「あっ……と……」

置いたばかりの駒《こま》を、前のめりの体勢で眺める。

「ちょっと、待ってもらえますか」

「珍しいな。考えるか」

大滝がかすかに身を引く。

「はい。……えぇ、と……」

佐和紀は、息をゆっくりと吐き出した。策に溺《おぼ》れたと気づいた時にはもう遅い。将棋の腕も、大滝の方が格段に上だ。

「焦るからだ」

盤上から駒を取り上げ、一手戻した大滝が手元の茶を飲む。佐和紀も自分の一手を戻し、もう一度、次の手を考え直す。

二人しかいない座敷に静けさが広がった。

こおろぎ組の最後の構成員だった佐和紀が、組長の入院費を工面するため、男ながらに『嫁入り』したのは去年の二月。寒い夜のことだ。

大滝組の若頭補佐・岩下周平《いわしたしゅうへい》が、跡目争いを回避しようと画策した茶番劇が事の始まりだった。ただの慰みもので終わるはずが、二人してコロコロと恋に落ちてしまい、季節が春夏秋冬と巡ってもまだ結婚生活は続いている。

一方、佐和紀を大滝組預かりとしている古巣には人が戻り、ごく普通にシノげるまでに力を取り戻していた。

「そういえば、佐和紀。遠野《とおの》組がえらく喜んでたぞ」

「何がですか」

遠野組といえば大滝組傘下の団体で、海水浴場の集まる海辺が縄張りだ。去年の夏、用心棒の能見《のうみ》を病院送りにしてしまったことを思い出し、佐和紀はバツの悪さに目を伏せた。

「能見の道場に通ってるんだろう？」

「通っているというほどじゃないです。たまに汗を流しに行かせてもらってるだけで」

「あっちの組長がな。能見の首に縄がついたと礼を言ってる」

「縄、ですか」

「縄がつけば、引くぐらいはバカでもできるだろう」

鷹揚《おうよう》な笑顔を見せた大滝の目尻《めじり》に、笑いジワが寄る。白髪の混じった髪に太い眉《まゆ》。胸板のしっかりした体格は洒脱《しゃだつ》な印象で、背筋も伸びて見栄えがいい。

「あそこの幹部は揃《そろ》いも揃って、本当のバカばっかりだからなぁ」

落ち着き払いながら辛辣《しんらつ》な発言をするところは、実の娘の京子《きょうこ》とそっくりだ。

「昔はもう少しまともな組だったが……。自分のところの若頭争いで揉《も》めて落ちぶれた、ってところだ」

言いながら、大滝は将棋盤に並んだ駒を操作した。次の一手を決めかねている佐和紀のために、二手三手と戻っていく。

「慣れないことをするな。小細工が性に合うタイプでもないだろう」

「すみません」

「謝ることでもねぇなぁ。意表を突くつもりで小さくまとまられちゃ、おもしろくないのはこっちの都合だ。将棋の相手があいつらに戻るかと思うと、寒気がするからな」

と言って、大滝は甘さのある低音で笑う。

佐和紀を評して『不思議と気の落ち着く男だ』といつも首をひねっているが、褒められる佐和紀自身はその理由を知っていた。場末のスナックで女に化けていた頃から、年配の男にウケがいい。

「小さくまとまってるつもりはないんですけど」

答えながら、佐和紀はありきたりに駒を進めた。

「佐和紀みたいな男が、人の裏をかいたらつまらない」

大滝が駒をピシッと響かせる。

「それはそうと、外回りの件、あれなぁ……。どう思ってるんだ。岩下をそそのかしたのは俺だけどな、どうも岡崎《おかざき》が不穏だな。認めてないんだろう。腹の黒い二人が対立してるのはよろしくない。面白半分なら、今はやめておけ」

「遊びでやろうなんて思ってませんよ」

「そうか？」

大滝にニヤニヤと笑われ、佐和紀は静かに視線を伏せた。旦那《だんな》の親分を睨《にら》むわけにもいかない。

岡崎は、周平の兄貴分で、佐和紀と同じこおろぎ組にいた男だ。二人の結婚を取り持った仲人でもある。

「じゃあ、なんのためにやるんだ。金か？　自由か？　それとも、岩下のためか？　だいたい、ヤクザなんてものは人の金で遊びたい人間がなるんだろ。岩下の金を使ってやればいいじゃないか。岡崎がぼやくぐらいには余ってるらしいからな」

「貧乏暮らしが身につきすぎて、使い道がわかりません。それに、自分にとっては、これしか生き方がないからやってるだけで……」

『こおろぎ組の狂犬』と呼ばれていたが、所詮《しょせん》はチンピラだ。せっせとかき集めていたシノギの額も、若頭補佐をしている周平と比べれば、同じヤクザだと言うのもおこがましいほど取るに足らない。

「嫁だなんだと扱われるのも、嫌になってきたか」

「そっちは慣れました」

「……慣れたのか」

太い眉を跳ね上げて、大滝がくちびるを歪《ゆが》めた。

「道理だなぁ。岩下も扱いやすくなるわけだ」

「組長さん……」

新婚の閨《ねや》を透かし見ようとする気配に、佐和紀はがっくりと肩を落とす。

「松浦《まつうら》はアレだなぁ」

いきなり、こおろぎ組組長の名前が出てきてぎょっとした。大滝はそのまま続けて言う。

「インポか何かなんだろうな。おまえをそばに置いといて、間違いのひとつもない、ってのは」

「組長さんッ！　考えがまた、漏れてますから。考え事は口を閉じて、やってください」

佐和紀に対して大滝が気安いのはこういうところだ。これが佐和紀に対する下世話な想像だけならいいが、組の内部事情なんかもぽろりと口にするから危ない。

「あぁ、そうか……」

納得のいった声を出す大滝が、そのままけだるい息を吐く。

「聡子《さとこ》さんか。あの人がいたんじゃなぁ。後添いなんてもらう気にはならねぇよな」

誰《だれ》が後添いなのかと問い質《ただ》したい気持ちを、佐和紀は飲み込んだ。藪《やぶ》から蛇をつき出しても気が重くなるだけだ。

聡子は松浦の亡妻だった。十八歳でこおろぎ組に身を寄せた佐和紀にとっては第二の母だ。

普段の眼光の鋭さを隠した大滝が、ぼんやりと縁側の向こうを眺める。ガラス戸越しに広がる庭も、屋敷の庭園同様に丹精されていた。

「まぁ、俺もあの人がこわいから手は出せないな。化けて出てきそうだ」

「出てきて欲しいぐらいですけど」

真顔でつぶやくと、振り返った大滝が相好を崩す。

「素直だな。……俺もそう言えれば、ねぇ……」

言えないのはこおろぎ組を私怨《しえん》で追い込んだからなのかと、佐和紀の喉元《のどもと》に、言葉がせりあがる。若い頃、松浦と聡子を奪い合った大滝の恨みは今も晴れていない。

口ごもった佐和紀の目の前で、大滝はさりげなく駒を移動させた。

「王手、な……」

「えっ！　ずるいッ！」

思わず腰を浮かせると、タバコに火を点《つ》けた大滝は肩を揺らして笑う。顔に刻まれたシワはいっそう深くなったが、楽しげな瞳《ひとみ》は若々しく輝いていた。

＊＊＊

夜が更けると、世話係の三人も寄りつかない離れは静かだ。かすかな物音に気がつき、佐和紀は文庫本に栞《しおり》を挟む。

居間の扉を開け、薄暗い廊下に顔を出す。ひやりとした空気の奥に、旦那がいた。ネクタイを首元から引き抜くけだるげな仕草が、三つ揃えのスーツや黒縁眼鏡《めがね》の怜悧《れいり》さとあいまって、退廃的に色っぽい。

「おかえり。早かったんだな。メシは？」

佐和紀が声をかけると、笑顔になった周平から「ただいま」が返ってくる。

脱いだスーツを受け取って居間へ戻り、ハンガーにかけて吊《つ》るす。ポケットの中のものを取り出し、台の上に並べた。

マネークリップで挟んだ一万円の束。胸のチーフ。タバコとライター。

「食べてきた。佐和紀……、風呂《ふろ》は？」

いつのまにか忍び寄った男の腕に背後から抱きしめられる。振り仰ぐと、くちびるをふさがれた。

「付き合えよ」

「嫌だ。絶対に変なことするだろ」

佐和紀はわざとらしく顔をしかめる。

「変なことなんて、するわけがないだろう」

言いながら、周平が自分のシャツのボタンをはずしていく。

「俺とおまえの間では当たり前のことをするだけだ。隅々まで洗ってやるから、来いよ」

「もう洗ったからいい……」

服を脱いでいるだけだ。わかっているのに、胸騒ぎを感じて落ち着かなくなる。ボタンを摘《つま》む指先の動きから、どぎまぎと視線をそらした。

特に気障《きざ》なことをしなくても、周平の動きは指先から髪の一房まで洗練されている。そこにわざと色欲の下世話さを感じさせ、それでもなお、下品じゃない魅力を保っている。

「風呂の支度はできてるんだろう。先に行ってるから、必ず、来いよ」

「俺は、入ったんだって……。それに、本を読んでるから」

「来いよ」

言い残して出ていく周平の広い背中を見送り、佐和紀は肩をすくめた。長いため息が、尾を引く。

風呂まで追いかけると、脱衣所はすでに無人だった。

脱衣かごに入っているシャツやスラックスを横目に見て眼鏡をはずす。

角帯の結び目を解き、脱いだ長着を手早く畳んだ。別のかごの中へ入れる。それから、周平がいつもがっかりする上下揃いの肌着も脱いだ。

タオルを腰に巻き、声をかけてからドアを開く。柔らかな湯気の向こうで、あからさまに落胆した顔が佐和紀の腰のタオルを見据えていた。

「いまさら……」

周平の低い声が風呂場に小さく響く。

何を期待しているのか。こういう時の周平は、存外、子供っぽい。だからなおさら、隠したくなる。

「うるさいよ。見すぎなんだよ。ちょっとは遠慮しろ」

横向きにしゃがんでからタオルを取る。

「先に、背中でも流そうか」

掛かり湯をした佐和紀が声をかけたが、

「早く入れよ」

焦《じ》れている手が伸びてきて、腕をさするように掴《つか》まれた。

「……せわしない」

ため息をつきながら、浴槽のふちをまたぐ。

一人でなら広い浴槽も、男二人が浸《つ》かれば途端に狭くなる。

知らずに冷えていた佐和紀の身体《からだ》は、熱い湯にまとわりつかれてこわばった。ゆっくりと息を吐き出し、緊張がほどけるタイミングで隙《すき》を突かれ、膝《ひざ》の上へと強引に引き上げられた。

「怒るな」

向かい合わせで見つめられ、濡《ぬ》れた手が頬《ほお》に触れる。

もう温まっている指先の心地よさに、佐和紀はくちびるをとがらせた。

じんわりと広がるのは、柔らかな痺《しび》れとたとえようのない高揚感。もう何度も身体を重ね、肌の感触には慣れたつもりでいる。

なのに、そっと触れられるたびに佐和紀の心は震え、身体を離していた間、自分がどれほど焦がれていたかを思い知らされる。

「だって、おまえ……。なんなの、これ。俺が来る前からガチガチって」

「期待させる佐和紀が悪い」

「俺の責任じゃないだろ」

そんなことあってたまるかと睨みながら、まんざらでもない。

いくら美形だと言われても、佐和紀の身体は男だ。相手を萎《な》えさせても、興奮させる要素なんてどこにもない。

なのに、百戦錬磨の色事師が、風呂場で裸を見るだけのことに興奮している。

「男を欲情させといて、よく言うよな」

息をつくような周平の囁《ささや》き声に、佐和紀はびくりと身体をすくませた。くちびるを引き結ぶ。性欲は薄い方だと思ってきた。女に対しても反応は鈍かったし、男ならなおさら、いじられても半勃《はんだ》ちになるぐらいがやっとだった。

なのに、周平が相手だとまるで違う。腰のあたりがもやもやして、せつなくなる。

「何を怒ってるんだよ」

眼鏡をかけていない周平が、楽しそうにくちびるの端を引き上げた。

佐和紀はいっそう不機嫌な顔になる。

「怒ってるわけじゃない。昨日も触っただろ……」

「最後までは、してない」

「口で……してやった、だろ……」

その一言を口にするためには、真顔になるしかない。

居間のソファーに座る周平の股間《こかん》に顔をうずめ、一心不乱に舌を這《は》わせた。それを思い出すと、今すぐに逃げ出したくなる。

「悪かったな。そんなに恥ずかしがるとは、思わなかった」

浴槽のふちに肘《ひじ》をつき、周平は長い指でこめかみを支えた。物静かな笑みをこぼす。

「毎回、毎回、わかっててやらせてるだろうが！」

「そんなに言うほどお願いしてないだろ。数えられる程度だ。……あぁ、どうする？　初夜のは回数に入れるか？」

おもしろがっている顔に湯をかけてやろうとした手が、取り押さえられる。

「今夜は時間があるからな。俺が舐《な》めてやるよ。ここも、こっちも」

言葉に合わせて湯が揺れる。半勃ちになっている性器の下をくぐった指に後ろを探られ、佐和紀はうつむく。

「それ、好きじゃない……」

消え入りそうな声で訴えると、短く息を吐き出すように笑われた。

「言うわりには、いつもよがってるけどな」

「なッ……！、あー、もう！　最低だッ。バカ周平！」

「おまえに罵《ののし》られると、褒められてる気がするのは、気のせいなんだろうなぁ」

陰部から周平の手が離れ、湯から出てきた手がうなじにまわる。

「手加減はしてやるから、くわえさせろよ」

下くちびるを食《は》むように吸われた。

傲岸《ごうがん》な物言いには懇願の響きが混じり、そうしてまでフェラチオをしたがる気持ちは理解できなかった。

周平ほどの男が、同じ男の性器を口に含みたがるなんて、いまだに信じられない。

「嫌そうだな」

短いキスを続けたまま、周平が眉をひそめた。

「苦手なんだよ」

素直に口にして、佐和紀は相手の首筋に腕を絡める。

上半身を近づけると、互いの性器がこすれ合った。太ももの内側に、じわじわと熱が広がっていく。

「おまえのやり方は、えげつないから。慣れるとか以前の問題……。日本人なんだから、恥じらいってものを覚えろよ」

「佐和紀は早く現代人になった方がいいな。イマドキ、フェラチオを怖がる男がいるなんて」

「うるさい。舐められるぐらいなら平気なんだから、いいだろ。おまえは……、吸うから
……」

眉根をギリギリと引き絞り、思い出すまいとしたが、遅かった。

「……っ」

吸い上げつつ絡んでくる舌の感触が下半身に甦《よみがえ》り、反り返った屹立《きつりつ》が周平の股間を打つ。

「おまえに、同じことを要求しているわけじゃないんだから、好きにさせろよ」

「人のを、ストローみたいに吸うなって言ってんだろ。こういうの、もっ……。んっ……」

周平の昂《たか》ぶりで裏筋を撫《な》で上げられ、焦れったいいやらしさに耐えらず腰を浮かす。肩を押さえつけられた。

「俺より後に勃起《ぼっき》したくせに、もう我慢できないのか？」

「ちが……んっ、あっ……」

指先が先端を撫でるように動くと、湯も動き、全体が柔らかな刺激に包まれた。いまさらこらえ性のなさを否定しても無駄だとわかっているから、どぎつい地模様の上に花開く牡丹《ぼたん》に額を押し当てる。

「あっ……は、あっ」

周平の大きな手のひらで、屹立が包まれた。

ゆるゆるとしごく動きに、佐和紀は深く長い息を吐き出す。

刺青《いれずみ》に頬をすりつけると、髪を撫でるようにして抱き寄せられる。

「ん、ふっ……んっ」

「佐和紀……」

周平の指先がうなじをくすぐった。性器への愛撫よりも身体が震え、のろのろと顔をあげる。

「気持ちいいか」

首を支える指の動きになのか、それとも強さを増しながら性器をしごく手の動きになのか。どちらも同じように気持ちよくて、腰が揺れる。

「立てよ」

「嫌だ。恥ずかしいんだって……」

「恥ずかしがるのもそそられるけどな。あんまり気にするなよ。夫婦だろ」

さらりと言われ、あごを摑まれていた佐和紀は、啞然《あぜん》としたまま立ち上がる。

夫婦。その一言が胸の奥にどしんと重くのしかかる。

自分の人生が、丸ごと拘束されている実感だ。それが、じわりじわりと胸に広がり、苦しい気分が満ちていく。

愛されることは、不自由だ。

卑猥《ひわい》な言葉も、甘い愛撫《あいぶ》も、周平相手だから恥ずかしくなる。そんな感情に身体も心も囚《とら》われ、逃げたいとさえ思わない。

「こんなの……」

そう言って、佐和紀はくちびるを噛《か》んだ。周平の舌がちろりと性器の先端を舐める。

「あぁっ……やっ……」

痛いほどの刺激だった。たまらず腰を揺すって逃げても、すぐに引き戻される。

浴室の壁に肘を押し当て、座っている周平の顔に腰を近づけた。膝を、刺青の肩に乗せる。

周平の舌は形をなぞって這い回り、くちびるで何度も敏感な先端を食まれた。そのたびに腰がビクビクと波打ち、

「……んっ、ふぅ……っ」

佐和紀は自分の腕に顔を押し当てた。

快感で頭の芯《しん》が痺れ、物事がどんどんわからなくなっていく。

「んんっ……それも、ヤだから……やめ、しゅうへ……」

先端からずるりとくわえこまれ、濡れた舌と粘膜の柔らかさに息があがる。

自分から動かしたくなる腰の揺れをこらえ、忍び寄る手を払いのけた。すぐにでもイキそうなのに、後ろまでいじられたら、間違いなく立っていられない。

「も、イく……」

小刻みに首を動かしている周平の額を押しやり、佐和紀は腰を引いた。

「手でしごいて、欲しい……から」

見上げてきた周平は一言ありそうな目をしていたが、佐和紀の要望を聞き入れた。幹を摑むと、湯の中から立ち上がる。

口内射精を頑として拒む佐和紀を反転させ、今度は有無を言わせずに尻へと指を這わせた。スリットをなぞり下ろして指をあてがう。

中には差し入れず、入り口を掻《か》くように刺激され、同時に、硬く張り詰めた性器をしごかれる。

「くっ……んんっ！」

腰をわななかせながら佐和紀は射精した。

最後の一滴が終わるまで丹念に根元から絞られ、肩で息を繰り返す。解放感に浸る身体を抱きしめられ、周平がそのまま指を挿入しようとしていることに気づいて身をよじった。

向かい合い、逞《たくま》しい首筋へと腕を巻きつける。

「……布団がいい」

ひとしきりのキスの後でまっすぐに見つめた。周平は、穏やかに笑い、牡丹の咲く肩をすぼめた。

地紋の上に咲いた牡丹の刺青は、胸元にこぼれ落ち、背中では二匹の唐獅子《からじし》が遊んでいる。地紋が臀部《でんぶ》までを覆う、見事な唐獅子牡丹だ。この刺青が未完成だと知っているのは、ごく限られた人間だけだった。見ただけではわからない。

夏の京都行きで、刺青を完成させることのできる唯一の彫り師を見つけ、仕上げの承諾は得た。ただし、交換条件付きだ。佐和紀にも刺青を施すこと。それが彫り師の出した条件だった。結果、周平は仕上げの依頼を保留している。

そのことを思い出し、佐和紀は周平の首にしがみつく。爪先《つまさき》立つと、腰に周平の屹立が触れてくる。肌で愛撫するようにすり寄り、貪《むさぼ》るようなキスをする周平に身を任せた。

周平のために交換条件を飲めば、松浦組長との約束を破ることになる。刺青と売春とクスリ。それが禁じられた三大事項だ。

でも、目の前にいる男のために一生消えない絵が刻まれるなら、その甘美な誘惑に打ち克《か》つのは難しい。

「出るか」

身体を離そうとする動きにさえ過敏に反応して、佐和紀はいっそう首にしがみつく。

「……どっちなんだ、おまえは」

あきれたようなため息は軽く、周平は朗らかに笑っている。

「あったかいから」

囁くと、背中に腕がまわった。強い抱擁を受けて、佐和紀は肩から力を抜く。そのまま、初めて好きになった男の肌に、頬を押し当てて息をひそめる。

周平の刺青が無理やり彫られたものだと知っているからこそ、未完成であることが今でも周平を苦しめるのなら、どうあっても解決してやりたい。

「何を考えてるんだ」

見透かした声が佐和紀を呼ぶ。

「何も」

「嘘《うそ》つけよ。刺青のことだろう。もう考えるな。誰も気づかない程度の話だ」

「そういう問題じゃない……。オヤジにはさ、黙っていればいい。言わなきゃわかんないよ」

「身体に傷をつけて、何も変わらないわけがない……。気にするなって言っただろう？　たまには、俺の言うことを聞けよ」

ため息混じりに言われ、佐和紀は周平を睨みつけた。

「これ以上、おまえの親に嫌われたくないぞ、俺は」

困ったように笑う周平が、髪を掻き上げる。なんでもない仕草に胸が締めつけられ、佐和紀はうつむいた。

「おまえの気持ちはよくわかってるつもりだ。拗《す》ねるなよ」

優しく抱き寄せられ、佐和紀はたまらずにくちびるをとがらせる。

周平の言葉には、大滝組の仕事に関《かか》われないことも含まれていた。物憂い事実をまたひとつ思い出し、佐和紀の気持ちはゆらゆらと揺れる。

仕事を手伝うこともできず、刺青を入れることも許されない。その上、セックスで満足させてやることもできないままだ。

結婚した当初は、自分好みに仕込むと明言していたくせに、この頃の周平は無理強いをしなくなった。そんな気遣いをされると、未知の世界はいっそう恐ろしい。周平の望みは、佐和紀なんかが想像もできないぐらいに淫《みだ》らでいやらしく、卑猥で、目も当てられないような何かだ。

それを受け止めることができたら、その時こそパートナーとしての自信がつくのかもしれない。だとしたら、いっそ、力ずくでもかまわないと思う時もある。

「わかってないだろ」

佐和紀はわざとぼやいた。

わかってると繰り返す周平の腕が力を増す。

確かに、何もかもをわかっている大人の男だ。

だからこそ、追いつけない不安に佐和紀は苛《さいな》まれる。自分ばかりが満たされ、幸せになっているようで、周平が同じように感じている確証が欲しい。

湯気が立ち込める浴室の中で、佐和紀はもう一度、周平の刺青を間近に見つめた。

赤い牡丹は、湯を浴びて、しっとりと濡れていた。

＊＊＊

翌日は小雪がちらつく寒い朝になった。

雪見障子を押し上げると、ガラス戸の冷気が和室にひたひたと広がっていく。起きようとしていた佐和紀の腕を摑んで引き戻し、周平は午前中いっぱいを布団の中で過ごした。ネル生地のパジャマを脱がして身を寄せると、佐和紀は戸惑《とまど》い顔で「寒い」と文句を言う。そんなはずはない。布団の中は男二人の体温で熱いぐらいだ。

だから、なおさら、解放したくなくなった。それが今朝《けさ》のことだ。

「それから、お耳に入れておきたいことが、ひとつ」

朝っぱらのいちゃつきを思い出していた周平は、薄笑いを浮かべたままで隣へと視線を向けた。

高級車の後部座席で報告を続けていた岡村《おかむら》が、無表情に目を伏せる。

「なんだ」

先を促す周平の頭の中は、線を引いたように分かれていた。片側には仕事に関する事項が連なり、もう片側には佐和紀の姿がある。

「少し前から、アニキの周りを探ってるヤツがいるみたいで……。組関係だとは思うんですが、狙《ねら》いがはっきりしなくて」

「アタリはつけてあるんだろう」

「おそらく、女関係の洗い出しじゃないかと」

「愛人のあるなしか？」

周平は軽く笑い、流れていく景色に目を向けた。

「カタギの本命《おんな》を隠してると噂《うわさ》してる連中かと思ったんですが、違いました」

「今になってそんなことを知りたがるのは、あのあたりだろう」

「ご存知でしたか」

「ご存知なくても想像がつく。もうそろそろ、結婚して一年だ。別れ時だと思ってんだろうよ」

言葉に含んだトゲを隠そうともしない男たちは、揃いも揃って還暦間近の大人たちだ。運よく佐和紀の取引相手に選ばれていた男もいれば、指をくわえて見ているしかなかった男もいる。

彼らの陰湿さに比べれば、男嫁の『具合』をからかってくる下劣な幹部の方がまだ楽だ。おもしろがっているだけで害がない。

「なぁ、シン。あいつは、俺を信用してるのか」

「俺に聞くんですか」

啞然とした声を向けられ、周平は眼鏡を押し上げながら笑いをこぼす。

かばん持ちの岡村慎一郎《しんいちろう》も、一応は佐和紀の世話係だ。

「姐《あね》さんに知られて困る相手がまだいるなら、早めに知らせておいてください」

「まだ、ってなんだよ。きれいさっぱり清算済みだ」

「……俺が知ってる範囲なら……」

遠慮がちな岡村の言葉に、周平は眉根を引き絞る。

「まさか、佐和紀から探ってこいとか言われてないだろうな」

「それなら、こんなこと言い出しませんよ」

岡村の言い分はもっともだ。

「アニキが言えば、姐さんはそのまま信じますよ。そうでなくても、人の言葉を鵜呑《うの》みにする傾向があるじゃないですか」

「そうか？」

「……そうです。構成員としては完璧《かんぺき》な資質だと思うんですけど」

言い淀《よど》んだ岡村は、今日もパッとしない安物のスーツを着ている。せめてあとワンランク上げればいいものを、落ち着かないと言って変えようとしない。

周平が見据えると、ハッとしたように顔をあげた。

「すみません。何か？」

「いや、別に？」

にやっと笑い、周平は自分のネクタイに指をかける。軽くゆるめた。

上の人間が右を向けと言えば右を向く。それがヤクザの子分だ。カラスは白いと言われれば黒を白く塗り直し、人を刺せと言われれば人を刺す。

そうすることで金や地位が転がり込んでくると信じているからだ。実際は真逆のことしか起こらない。使い走りは、どこまで行っても小間使いでしかない。

そういう意味でも、佐和紀はチンピラだ。

「俺は」

岡村が言葉を飲む。また運転手に指示を出し、あらためて息をついた。

「姐さんらしくないと思うんです」

「……あいつはチンピラだよ」

周平がタバコをくわえると、すかさずライターの火が向けられる。

「それはそうですけど」

「何が言いたい。顔だけの脳なしに見えてるけど、本当は頭がいいはずだってことか？」

タバコの煙が車の中に広がり、周平はわずかに窓を開ける。

「俺はそう思ってるよ」

笑いながら、フィルターをくちびるに挟んだ。佐和紀はチンピラだ。でも、それが資質のすべてではない。

「そう、思ってるんですか」

「だからな。俺の落ち度を躍起になって探す連中がいるんだよ」

佐和紀のことを、よく吠《ほ》える子犬程度に考えていたい男どもだ。

良からぬ知識であちこち大人にされてしまわないうちに、一刻も早く、色魔の腕から救い出そうとしている。

「……若頭《カシラ》、ってことは」

「ないだろ」

岡村の問いを即座に否定する。

岡崎は、周平の過去をよく知る相手だ。いまさら、嗅《か》ぎ回る必要もない。

「親離れ以上に、子離れってのは難しいらしいな」

周平の言葉に、岡村は怪訝《けげん》そうな顔をした。

「……俺は、悪い人間《おとこ》だからな」

鼻で笑いながらタバコを吸うと、こんな時でさえ佐和紀を思い出す。

おずおずと指先から触れてくる純情さが、ふるいつきたくなるほどたまらない。腕を掴んで引き寄せ、是が非でも『一線』を越えさせたくなる。そんな瞬間は幾度もあった。

子供だましのきれいなセックスではなく、気が触れるほどドロドロとした性行為がしたくて、猛《たけ》る情欲を抑えるのも骨が折れる。

佐和紀の人生をひっくり返し、自分こそ運命の相手になりたい。それは、佐和紀に惹《ひ》かれる男なら誰でも見る夢だ。

だからこそ、佐和紀の親分は黙っていないだろう。

この一年近くの間、佐和紀の周りは恐ろしいほどの沈黙を守ってきた。大滝組若頭補佐の機嫌を損ねまいとする、保身だけが理由だとは思えない。

佐和紀という男を知れば知るほど、周平の中に確信は根づいた。

「親といえば、松浦組長ですね」

周平の手元に灰皿を差し出し、岡村が静かに言う。

「佐和紀の大事な親分だ」

無表情を取り繕ったつもりだった。でも、声にトゲが出てしまい、岡村がぴくりと眉を動かした。

タバコの灰を落とし、周平はあらためて煙を吸い込む。

佐和紀を手放すのは容易なことじゃない。それが自分だけじゃないことを、周平はよく理解していた。

2

「どうした、佐和紀。悩みごとか」

松浦に声をかけられ、水仙の茎をくるくると弄《もてあそ》んでいた佐和紀は顔をあげた。珍しいと言いたげな親分に、苦笑を返す。

「いや、そういうんじゃないです」

「おまえが考えごとをする時は、ろくなことがないからな」

「昔のことじゃないですか。俺だって、別に、感情で動いているわけじゃ……」

「そうか？」

午後から周平が出かけ、佐和紀は古巣のこおろぎ組へと足を運んでいた。事務所に飾る生け花を新しくするのが目的だ。

姉嫁のお供で始めた茶道と華道は、意外にも佐和紀の性に合っている。

社長室のソファーで向かい合った松浦は、肩を揺すりながらコーヒーカップに口をつけた。

「おまえの考えごとは、それ自体が感情的だろう」

「どういうことですか。それ」

「どうもこうもない。そのままだ。まとまりつかないモヤモヤを、のんべんだらりとなぞってるだけだ」

「のんべんだらり……」

家に帰ったら辞書を引こうと思い、口の中で繰り返した。

佐和紀が嫁入りした頃のこおろぎ組は、組長一人構成員一人の廃業寸前で、住居を兼ねた長屋の一室が事務所だった。

それが今では、ビルの一室に看板を出し、組長兼社長の住まいも住宅街の一軒家だ。しかも岡崎が連れて出た構成員の大半が子分と一緒に古巣へ戻り、以前に増して賑《にぎ》やかになった。

松浦の入院費どころか、保険証すらなかった苦悩も、今となっては笑い話だ。

「岩下は相変わらず忙しいのか」

「年始の誘いが一段落したから、今はそれほどでもない。岡崎のバカが無茶を言わなければ、人並みの生活を送れるんだけどさぁ」

去年入院してから、松浦は一気に老けた。

生え際の後退した前髪を七三分けに撫でつけた額のシワは深く、頬やあごの肉が痩《や》せている。それでも小さな目の鋭さは変わらず、一家を背負う組長の貫禄《かんろく》があった。

「どうだ、佐和紀」

松浦がカップをソーサーの上に戻す。

「うちへ戻ってこい」

「え？」

思わず取り落とした花を拾い上げると、難しい顔をした松浦の視線が待っていた。

「いきなり、何……？」

「もう一年だ。頃合いだろう」

松浦は落ち着いていた。でも、佐和紀にはまるで意味がわからない。

岡崎が持ち込んだ結婚話に松浦は猛反対した。でも、背に腹は代えられない。佐和紀が選べる相手の中で、周平は一番上等な男だった。

だから、松浦も苦渋の決断を下し、佐和紀は治療入院費のために『身売り』をしたのだ。

いつかは組に帰るつもりで、せいぜい媚《こび》を売ってやろうと決めた。でも、今はそんなこと、考えてもいない。

「話はこっちでつける。おまえはうちの奥向きを取り仕切ってくれればいい」

胸の前で腕組みをした松浦は、ソファーの背にもたれた。

「話が、見えない、んだけど……」

「男との結婚生活なんて、いつまでも続けるようなものじゃない。籍だけ貸してやればいいじゃないか。その分、金をもらえば問題ない」

「え？　え？　オヤジ……。ちょっと待って」

振り回しそうになった花切り鋏《ばさみ》をテーブルに置く。

「それじゃ、まるで実家に戻ってこいって……え、そういうこと？」

「おまえだって元はそのつもりだったはずだろう。思いのほか、おまえとの結婚は、功を奏したらしいじゃないか。本郷《ほんごう》が言っててな。そろそろ、うちに戻ってきても問題ないだろうって話だ」

「……いや、えっと……。俺は……」

佐和紀はしどろもどろに言葉を継いだ。

完全な不意打ちだった。こおろぎ組に舞い戻った元古参のおっさんたちが繰り返す冗談とは意味が違う。

「本当に、考えなしだな。おまえは」

佐和紀の気持ちを知ってか知らずか、松浦はあきれたように息をつく。

「結婚した理由も忘れたのか、佐和紀。心配しなくても、おまえのおかげで組はもう安泰だ。本郷が若頭になって、上部組織での扱いも良くなった」

「でも、俺には帰るところなんてないって、オヤジ、言っただろ……」

「あの時はしかたなかっただろう。おまえの覚悟が裏目に出るようなことにはしたくなかった」

松浦は視線をそらさなかった。だから、佐和紀の方がうつむく。必死に言葉を探したが見つからず、考えようとすればするほど、すべてがとっちらかってしまう。

「嘘だったのか……」

やっとのことで、そうつぶやいた。言葉はすとんと胸に落ち、佐和紀は小さく息を吸い込んだ。

出会ったと同時に周平を好きになり、空回りする自分の気持ちを持て余した佐和紀は、松浦の病室で帰りたいと弱音を吐いた。あの時、松浦は言ったはずだ。きかん気の強い子分を、いつもとは違う口調でなだめてくれた。

松浦とは形式上の親と子でしかない。でも、夫婦は違う。夫婦だけは赤の他人が家族になるんだと、恋に戸惑う佐和紀の背中を押してくれた。なのに、そう言った本人が、いまさらになって手のひらを返し、潮時だと言っているのだ。

「嘘じゃない。そうじゃない。……あの時は本当にそう思った。おまえが初めて人を好きになるのを見て、成就させてやりたいと思ったのは事実だ」

考え込むようにくちびるを引き結んだ後で、松浦は静かにゆるゆると息を吐き出す。

「でもなぁ。相手が、よくない」

「はぁ？」

佐和紀の声が裏返る。

「何、言って……ッ！　よくないってなんだよ、それ。意味がわかんないんだけどッ」

「そう、怒るな。相手は大滝組の補佐だ。悪く言うつもりはない」

「話をはぐらかさないで、もらえますか。……そう言っただろ、今。相手がよくないってなんだよ。俺が選んだ相手だろ」

「おまえが選んだわけじゃないだろう！」

たまりかねたように松浦が声を荒らげ、勢いに押された佐和紀は、結城紬の襟元に指を滑らせた。負けじと肩をそびやかす。

「何が言いたいんだよ。持って回った言い方はお互いの身体に毒だろ！　はっきり言えよ！」

冷静になろうとすればするほど、言葉は粗雑になる。

お互いに気は短い。長屋暮らしの頃から、激しいやりとりは日常茶飯事だった。

「人が穏便に済まそうとしてやってるのに！　このバカたれが！　聞きたいなら言ってやる」

松浦が眉根を引き絞る。佐和紀は間髪いれずに言い返した。

「聞きたきゃないけど、言わせてやるよ！」

「くそガキがっ。おまえみたいな考えなしがぶら下がっていられる相手じゃないって言ってるんだ。ちょっと優しくされていい気になってるのは、見ていて痛々しいだけだ！」

「な……ッ」

言葉がぐさりと胸に突き刺さる。佐和紀は手のひらを胸に押し当てて立ち上がった。

「好きになったら悪いのかよ！　優しくされたいとか、気持ちよくなりたいとか、思うこともダメなのかよ」

「相手だ！　相手が悪い！」

松浦も床を蹴《け》って立ち上がる。

「あの男はおまえを利用しようとしてるだろ。仕事だと？　大滝組で苦労させるために、嫁へ出したわけじゃない」

「嫁って言うな！」

「嫁だろ！」

「周平が俺を利用したからってなんだよ！　組には迷惑かかってないだろ！」

「なん、だと……ッ」

松浦の手が、テーブル越しに飛んでくる。思わず避けると、着物を引っ摑まれた。

テーブルに足を上げた松浦が身を乗り出し、今度こそ横っ面を力任せに叩《たた》かれる。

鈍い音がした瞬間、社長室のドアが勢いよく開いた。

「あの……何か……。うわっ！　ちょっとっ！」

怒鳴り合う声を聞きつけたのだろう。こおろぎ組の構成員が飛び込んでくる。その後ろに、佐和紀の世話係である石垣保《いしがきたもつ》の姿もあった。

取っ組み合いになりかけていた二人を、構成員たちが引き剝《は》がす。

「あの男のやってることは、大滝組の連中でも知らないことばかりだ！　そんな相手に、いつまでもおまえを任せられるか！　都合よく仕込まれた挙句に、捨てられるのがオチだ！」

「バカだろ！　なんで、そんな妄想！　ボケてんじゃねぇだろうな！」

「今までの女たちを見てみろ！　ろくな末路じゃねぇだろうが！」

広い額に青筋を立てた松浦が怒鳴り散らす。

「組長！　落ち着いてください！　頭の血管、切れますよ！」

「うるせぇ！　ほっとけ！　あの色ボケしたクソガキに、現実ってもんを！」

「誰が色ボケだよ。ハゲジジイがっ！」

「佐和紀さん！　落ち着いてください。佐和紀、さん〜〜ッ！」

石垣が佐和紀を押し戻す。

「ハゲって言ったか！」

「言って悪いか！」

騒ぎを聞きつけた構成員たちがどんどん集まってきて、佐和紀は石垣ごと社長室の外へ押し出される。そのままの勢いで、乗ってきた車に押し込まれた。

「な、なんだったんですか……」

ハンドルに顔を伏せた石垣が、肩で大きく息をつく。

「もういい加減、佐和紀さんのすることには慣れたつもりでしたけど。……相手は、組長でしょう。……言い方ってものが」

「前からずっとあんな感じだよ。あぁっ！」

苛立《いらだ》ちまぎれに怒鳴り、石垣が座っている運転席を思いきり蹴りつける。

「意味がわかんねぇんだよ、ジジイが……」

「いや、その……。とりあえず車出しますね」

金髪を短く刈り込んだ石垣は、見送りの構成員たちに軽く会釈して、黒塗りのセダンを発進させた。

「いまさら……何、言ってんだよ」

握った拳《こぶし》の関節に歯を立て、窓の外を見る。流れる景色にさえ苛立ち、眉根を引き絞る。

周平を否定されたことだけじゃない。自分の気持ちを否定されたことにも、憤りと驚きは混じり合っている。

いい気になったつもりはなかった。でも、相手の役に立とうと必死でいることが滑稽《こっけい》に見えるのなら、やるせなくて辛《つら》い。

「能見のとこへやってくれ」

運転席へ声をかけると、石垣は道端へ車を寄せた。道場へ確認の電話を入れ、海辺の町へと進路を変える。

音楽でも、と言いながら、カーステレオに手を伸ばした。

「あんなふうに言い合えるって、本当の親子みたいですよね」

ミラー越しに石垣と目が合う。

セットリストは佐和紀の好みの歌謡曲だ。世話係の三人もすっかり慣れてしまい、ふとした拍子に口ずさむほどになっていた。

一年は短いようで長い。

「世間一般ではそうなんですよ」

石垣の声が沈んで聞こえた。

両親のいない佐和紀の身の上を思い出したからだろう。

「おまえのところもか？」

「そうですね。警察沙汰《ざた》になって、この道に入ると決めた時なんか、罵詈雑言《ばりぞうごん》の嵐《あらし》でしたよ。血を分けた人間を、よくもそこまで酷《ひど》く言えるなってぐらいで……。松浦組長にとっては、佐和紀さんは同じぐらいの存在なんでしょう。お子さんもいらっしゃらないようですし」

「子供みたいに思ってれば、惚《ほ》れた男の悪口を言ったりしないだろ」

「そういう話、だったんですか」

石垣が苦笑いを噛み殺す。

「だったんだよ。……いまさら戻ってこいって言われてもな。無理だろ」

「別れろって話だったんですか？」

「たぶん、な。俺にはわかんないよ。あの人の考えることなんて」

恋を成就させたかったと言いながら、素行に問題のある周平ではダメだと言う。

二人の仲を認めてもらえていると思っていた佐和紀にとって、松浦の言葉は青天の霹靂《へきれき》よりも衝撃的だった。

「あれじゃないですか？」

ハンドルを操る石垣は、努めて明るく振舞う。

「組に戻ってきた幹部から聞くアニキの噂が、想像以上にどす黒くて不安になった、っていう感じの……。たぶん、若頭は五割増しぐらいで、良い方に話を盛ったと思うんですよね。アニキは若頭からの抜擢を受けて補佐の一人になりましたけど、組での評判はイーブンです」

「イーブン？」

「五分五分ってことです。味方半分、敵半分。でも、その味方も、様子見のすり寄りがほとんどですよ。なんせ、アニキの近くは羽振りがいいから……。岩下バブルって言われたりするぐらいで。だから、バブルが弾《はじ》けるのを、待ちわびてる連中も多いんです」

「敵ばっかりだな、あの男は」

それでも、金回りと男振りの良さが際立ち、男の嫉妬《しっと》を煽《あお》るぐらいにやり手なのは確かだ。

「さらに輪をかけてるのが、佐和紀さんなんですよ。自覚ありますか？」

石垣の言葉に、眉をひそめてルームミラーを睨んだ。

「『エロい美人』なのが、そんなに悪いか」

「どこでそんな言葉……」

「冗談だ」

「冗談……、冗談ですか」

「俺は何も変わってねぇだろ……。お茶に、お花に、手習いをやって、あとは本を読んでるだけだ」

「……肝心なことを、さくっとスルーしてますよね？」

恐る恐る口にした石垣は、ルームミラーにちらりとも視線を向けない。佐和紀は運転席のシートを無言で蹴りつける。

「松浦組長は、さびしいんじゃないですか」

シートは大きく揺らいだが、石垣は何事もなかったかのように話題を戻した。

「佐和紀さんが変わったのは……、事実だと思います。それが心配なんですよ」

「そんなこと言われてもな」

力なく口にして目を閉じる。

変わっていこうとする姿を、親同然の松浦に見ていて欲しいと思うのは、甘えだろうか。

そんな自分の変化が不安を煽るなら……泥沼だ。

沈み込む気分を持て余して、佐和紀は額に手を押し当てた。

＊＊＊

「大変だったな。佐和紀が深酒するなんて珍しい」

ネクタイをはずしたスーツ姿でダイニングの椅子《いす》に座り、周平はまず三井《みつい》へ視線を向けた。

「手当たり次第にケンカを吹っかけようとするんで、ほんっとうに、困りました」

長髪の三井はくちびるをとがらせ、隣に立つ石垣は苦笑いで報告を代わる。

「帰りの車で寝たんですが、一度起きて、自分で布団に入られました」

酔っぱらった佐和紀は、相当の迷惑を二人にかけたのだろう。ぐったりとした表情を隠そうとしない舎弟を労《ねぎら》ってやりながら、周平は椅子を勧めた。

　母屋のダイニングは、ひんやりとした冷たい空気に包まれている。

「能見の道場へは行かなかったのか」

「行きましたよ。ストレス発散以上に暴れ回ってたんで、まさか、あんな酔い方をするとは思いませんでした」

　と言いながら、石垣が椅子に座る。三井も続いた。

「ストレスの原因はなんだ」

　周平の質問に、石垣が答える。

「今日、こおろぎ組の事務所で松浦組長と揉めたんです」

　台所へ入っていた岡村が戻ってきて、

「揉めた原因は？」

　周平の手元に湯呑《ゆの》みを置きながら言った。石垣の視線が、テーブルの上をさまよう。

「組へお供したのは俺だけで……、その後、能見さんの道場へ行きました。タカシが合流したのは、夜から……」

「で、原因は？」

　岡村がもう一度、聞き直す。

「……シンさん、ちょっといいですか」

短いため息をついて、石垣が立ち上がった。

「すみません、アニキ。ちょっと水を飲んできます」

「え？　なんで。おい、タモッちゃん」

焦ったのは三井だ。台所へ入っていく二人を追いかけようとして、そろりと振り返る。

周平の視線を受け、青い顔で腰を戻した。

「ひでぇよ。俺に押しつけんな」

愚痴りながら、肩まで伸ばした髪を掻きむしる。

「おまえも知ってるんだな？」

「見たわけじゃないッスよ。……組長から、ここを出て戻ってこいって言われたみたいで」

「それだけじゃないだろう」

「……あー、まぁ……はい。俺は、向こうの考えてることも、理解できるんですけど。姐さんは無理みたいで」

「妥当だと思うわけか」

「……にっちもさっちも行かなくなって預けたけど、やっぱり返して欲しいってのは、そう珍しくもないです。それに、本人の意見なんて聞かないのが、俺らの世界の『親』ですよ。……けど、アニキの素行がどうのって言い出したのがいけ好かないって言ってました。確実に難癖つけてるだけですから。まー、あれです。あそこの組長さんも『惚れてるクチ』だと、俺は思います。狂犬が躾《しつ》けられたんで、惜しくなったんじゃないんですか？今なら、扱いやすそうですし。見た目には。……全然、ちっとも、中身は前と変わってないっすけど」

酔った佐和紀にいくらか殴られたのだろう。二の腕をさすった三井は台所を振り返った。息を吸い込み、怒鳴り声をあげる。

「てめぇで説明しろよ！」

周平の評判の悪さが発端だと言えなかった石垣は、カウンターの陰から軽く頭を下げて見せた。

「俺の『落ち度』だよな？」

タバコを取り出し、台所の二人を呼び寄せる。三井が差し出すライターで火を点けた。

「難癖ですよ」

椅子に戻った石垣が眉をひそめる。

「姐さんの気持ちをわかってて、いまさら、別れて戻ってこいって言うのは……乱暴すぎます」

「でも、わかるんだろう？　おまえも」

タバコをふかす周平の言葉に、石垣はぶるぶるっとかぶりを振った。

「わかりませんよ」

答える声が硬い。

「俺はわかるけどな」

周平は静かに、灰皿へとタバコの先を差し向けた。とんとんっと叩き、灰を落とす。

「そもそも、佐和紀は若頭《カシラ》の肝入りだ。あっちの組長だって、俺よりもそっちがよかったんだろう。タカシが言うように、本人が固執してるって可能性もある。……佐和紀だからな」

ぽそりと口にした周平の言葉で、テーブルを囲む舎弟が静まり返る。

兄貴分の新妻がどういう男か、三人それぞれに思い知っている。だから、夫婦のノロケでは済ませられないのだ。

苦笑いを浮かべた三井が両手で髪を掻き上げ、石垣は胸元のネックレスを指でいじる。

岡村もネクタイのゆるみを直した。

「この一年、松浦さんは自分のことで手いっぱいだっただろう」

そう言った周平は、タバコをくわえようとしてやめた。

「体調が戻って、周りの心配が減って、元の生活に戻りたくなったんだな」

「そんなに簡単に言わないでくださいよ」

不満げなのは、三井だ。

「あいつ、じゃなくて……、姐さんにだって、覚悟があったはずなのに」

「そうですよ。組が立ち直ったからって……」

石垣が同調する。

「俺に言うなよ。シン、おまえはどう思う」

苦笑しながら問いかけると、隣に座る岡村は小さく息を吸い込んだ。

「覚悟も道理も、たいした意味はないですね。今でも、松浦組長の子分ですし」

数日前に車の中で交わした会話を、思い出したのだろう。周平を見て息をつく。

「想像がついていたんですね」

「想像ってほどじゃない。俺と佐和紀の仲が続けば、外野はザワつくに決まってる。松浦さんにも想定外だったんだ」

タバコを揉み消す周平に、三井が問いかけた。

「それって、姐さんの方が、アニキに嫌気がさして逃げ出すってことですか」

「俺が飽きるって可能性もある。どっちにしたって、男同士の惚れた腫《は》れたが一年続くと思ってたかどうか……。まぁ、体力と気力が充実して、松浦さんも目が覚めたんだろう。それが一番しっくりくる理由だ。俺が親でも、色狂いに子供を預け続ける気にはならない」

子供が相手に惚れていればなおさらだ。

深情けは、別れた時の傷が深い。佐和紀が初心《うぶ》だと知っているからこその親心だ。

「だからって……」

三井が声をひそめた。

「長屋からの引越しの時だって、雰囲気、よかったじゃないっすか」

その言葉に、岡村が答える。

「相手も大人だからな。本心を表に出して波風を立てたりはしないだろう」

「なんかなぁ」

三井がますます表情を歪め、

「相手の気持ちがわかるんじゃなかったのか」

岡村が笑う。

「そりゃあさぁ、シンさん。わかるんだけどさ。姐さんが荒れるのもわかるっつうか。身内から横槍《よこやり》入れられるのに慣れてないじゃん。やけ酒したくもなるよ……」

「本心から祝福されてると信じてたんですよね」

石垣からすがるように見つめられ、周平は答えに困った。すかさず岡村がフォローに入る。

「大滝組の事情に首を突っ込んで、組の再興に繋《つな》がるなら、嘘の祝福ぐらいするだろう。そうでなくても、身体を売って金を作ることは禁止されていたって話だから、そのあたりが松浦さんの落としどころだったのかもしれない」

「好きで嫁に行くなら、身売りじゃないってことですか」

「まぁ、ロジック的にはそうなるか」

「それじゃあ、なんだか……」

石垣は口を閉ざし、三井と視線を交わし合う。

「親なんてものは、そういうものだ」

岡村があっさりと言い放った。

「……男が、だろう」

三人のやりとりを聞いていた周平は、静かに言い添えた。

「極道の男の典型だよ。本人にその気がなくても、気分次第で方針が変わる。おまえらにも覚えがあるだろう」

周平の視線を受けた三井と石垣は、ほんのわずかな間を置いて、首を左右に振った。

「アニキは筋が通ってます」

三井がはっきりと言う。周平は笑って肩を揺らし、首を傾《かし》げた。

「それも善《よ》し悪《あ》しだな。とにかく、佐和紀も子分である以上は、松浦さんの駒だ。手のひら返されてショックを受けること自体、『甘い』んだよ」

「アニキ。それはちょっと」

岡村の声が沈み、周平は二本目のタバコに手を伸ばしかけてやめた。

「おまえらも十分に甘い。松浦さんには松浦さんの『親』としての考えがあるんだ。組長としての考えもな」

「別れるつもりですか」

ライターを握ったままの岡村に言われ、タバコの箱から一本抜いた。

佐和紀がどんな気持ちで深酒をしたのか。それはもう、考えようとしなくても、手に取るようによくわかる。

「誰が何を言おうが、……佐和紀次第なんだよ。決めるのは俺じゃない。佐和紀だ」

タバコを口に挟み、ライターを借りて、自分で火を点けた。

「今後、誰がどう動いても、おまえらは動揺を見せるな。俺の周りが乱れるのを、手ぐすね引いて待ってる連中もいるからな」

頼む、と付け加えるのはやめた。

代わりに一言。

「佐和紀のためにも」

と、真剣に言う。

舎弟たちは身じろぎひとつせず、答えもしなかった。周平はタバコを吸い込み、白い煙を細く吹き上げた。

3

初春といっても、まだ朝の冷え込みは厳しい。

でも、母屋の台所はほんわかと温かだった。空調に加え、炊事の湯気が部屋中に広がっている。

家政婦の老婆がゆったりと動く気配を感じながら、佐和紀は白かぶの漬物を口に運んだ。

「俺が行って、話を聞いてこようか」

目の前にいる周平が、脈絡なく切り出した。

「うん?」

理解するのに、数秒かかる。それでも早い方だろう。

佐和紀は白飯を口に詰め込むように運び、せわしなく咀嚼《そしゃく》した。

もう三日だ。怒鳴り合いで別れてから、松浦には連絡さえ入れていない。

「いいよ、別に。こっちから謝る気はないから」

「相手は、親分だろう」

あきれたように笑う周平の目が、眼鏡の向こうで優しく細められる。睨もうとして見据えたが、うまくいかず、佐和紀はくちびるを引き結んだ。

周平から仲裁を申し出たくなるほど、落ち込みが顔に出ていたのだろう。情けないが、当たっている。

「周平が行ったって、嫌味を言われるだけだ」

「大滝組の若頭補佐相手にか？」

「頭に血が上ったら、関係ねぇもん。あの人」

「おまえと同じだな」

軽い口調で笑い飛ばされ、今度こそ、睨みつける。

「うるさい。どうせ、俺も短気だよ」

「嫌味を言われるぐらいで済むなら行ってくる」

「それは、さ」

箸先《はしさき》を振り回しかけて、佐和紀は短く息を飲んだ。深呼吸で気持ちを整える。

頭を下げると言わせたくなくて、じっと周平を見つめた。

「オヤジは俺の気持ちを知ってる。知ってて、それでも言い出したんだから」

「俺が謝りを入れるぐらいじゃ済まないか」

「謝る必要なんてないだろ。いまさら仕事内容に文句を言ってくるのがおかしいんだし。それに」

「俺の『女狂い』は、元から、だから?」

余裕たっぷりで笑う周平は、腹が立つぐらいに色男だ。

ざっくりとしたニットガウンを羽織る胸板の厚さが目に入り、佐和紀はぎゅっと眉根を引き絞った。

「……その言い方、好きじゃない」

洗練された外見に似合わない下衆《げす》な言葉だ。そのアンバランスさが卑猥に見えることを周平は知っている。

言葉一つで下品にも上品にもなれる男を見据えた佐和紀は、落ち着かない気分になった。朝の静謐《せいひつ》な空気をものともせず、二人の夜を思い出してしまう。

いじられてしがみつく時の快感が腰に甦り、佐和紀は表情を引き締め直して眼鏡のズレを直す。それから、番茶をすする。

きれいな姿勢で食事を口に運ぶ周平が無言で笑った。

睨みつける余裕もなく、佐和紀は食卓へ視線を落とす。

「なんだって、あんなこと……」

つぶやきと一緒にため息がこぼれる。

松浦の性格はよく知っていた。だからこそ、あの日、佐和紀は焦った。

身売りを禁止していた松浦が結婚話を承諾したのは、一人になる佐和紀の身を案じたからだ。それが盃関係としての親心なら、安定したこおろぎ組に戻すのも、親心としては自然の成り行きになる。

「昔のことを言い出すなら、結婚なんて認めなきゃよかったんだ」

佐和紀の一言に、周平が顔をあげる。

「人の感情は一方通行じゃない。昨日はおいしく思えたものが、今日は口に合わないってこともあるだろう」

正論だ。だからこそ、嫌な気分になる。

松浦はいつも佐和紀の気持ちを肯定してくれた。味方だとばかり思っていたからこそ、真逆のことを言われて動揺したのだ。

周平が目を細めるように微笑《ほほえ》み、箸を置いた。

「誰が言い出したかは知らないけどな。おまえが組へ戻れるのも事実だ」

「で、周平の悪口も吹き込んでるってことだろ。岡崎じゃないんだとしたら」

考えつくのは、一人。

こおろぎ組の若頭である本郷は、佐和紀に身売り話を何度も持ちかけてきた相手で、本人にはまだそのつもりがある。周平の悪口を松浦へ吹き込み、二人の仲を裂こうとしても不思議じゃなかった。

佐和紀の考えを、周平は見透かす。

「本郷だとしたら、弘一《こういち》さんを通すことができないからな。松浦さんも、大滝組長には話をしづらくて、まず、おまえの承諾を得ようとしたんだろう。それにしては、大揉めになってるけどな」

可笑《おか》しそうに笑う。

「案外、松浦さんが先走ったってこともありえるか。あの人は、本当におまえのことが好きだからなぁ。……待っていれば、向こうからアクションがあると思うか」

「謝るような人じゃない。自分が正しいと思ってんだろうし」

「そうだな。正しいよ」

「周平」

自虐的にも取れる一言に、佐和紀は箸を置いた。

そこへ家政婦がやってくる。

「お番茶でもどうですか」

湯呑みを差し出した周平は、肩をすくめる。

「おまえが褒めてくれるほど、俺はいい男じゃない。松浦さんが正しいんだよ。わかってるだろう」

「でも……」

松浦を『身内』だと思うから、恋人を責められることが佐和紀には辛い。

二人の湯呑みを満たした家政婦は、何も言わず、静かにテーブルを離れていく。

「佐和紀。それでもな、俺は、あの人がおまえを思う以上に、おまえを好きだよ」

家政婦にも聞こえる距離だ。佐和紀は真っ赤になってうつむいた。

「おまえがまだ時間を置きたいなら、それでいい。……そろそろ、俺は出かける時間だ。シンが迎えに来る前に着替える」

手にしていた湯呑みを置き、壁の時計を見た周平が立ち上がる。

「どうあがいても、俺の過去や仕事内容が変わるわけじゃない。ヤクザはヤクザだ。人の気持ちみたいには変わらない」

佐和紀が顔をあげると、身を乗り出すようにした周平の手が伸びてきた。指の関節が、頬をそっとなぞって離れる。

「だから、心配するな」

その言葉が、まるで打ち水のように佐和紀の胸へと染み込んだ。そしてジワリと、何かが湧《わ》き起こる。

周平が出ていくと、盆を手にした老家政婦の光代《みつよ》が再び奥から出てきた。佐和紀の食事が終わっていることを確かめ、皿を片付け始める。

「変わったのは、ご新造《しんぞ》さんだけじゃありませんねぇ」

ふふっと笑い、シワだらけの手を止めた。

「あんなにきれいな態度で食事をする人じゃなかったですよ。何を出しても味気なさそうに、ちょっと摘むだけで。朝食を取るのだって、ご結婚されてからですねぇ」

知っていたかと問う目を向けられ、佐和紀はふるふると首を振った。老婆がにっこりと微笑む。

「親というものは厄介なものでねぇ。子供がそばにいれば、それが心配の種になって口を挟み、手から離れたら離れたで、またとやかくと言いたくなるんですよ。それでも、子供をね、自分の型にはめようとする親の言うことなんて、まともに聞いていたら、いくつになっても独り立ちなんてできゃしない」

「そんなもんですか」

「そんなものですよ」

天涯孤独な身の上は、光代も知っている。

父親の顔は知らず、男として生まれた佐和紀の戸籍を女と偽って育てた母親と祖母も、十代の前半で失った。

戸籍の謎《なぞ》については周平が独自に調べているが、佐和紀にはたいした興味もない。いまさら、自分の生い立ちを追ったところで、得るものがあるとは思えないからだ。

家族の記憶は遠い思い出だ。時々心の奥から取り出して眺め、またそっと片付ける。それだけのものでしかない。

「……ご新造さん。おせっかいついでにもうひとつ。あんた方の祝言の翌日、握り飯を作っておいてくれと言いに来たのは、周平さんでしたよ」

「え？」

聞き返した佐和紀は、雪の朝を思い出す。

あの冬の日。昼近くなって起き出し、家政婦から作り置きの握り飯を出してもらった。そこへ周平が現われ、握り飯をひとつ、横取りされたのだ。

クールな印象の三つ揃えはまだ身支度が済んでおらず、ベストのボタンは全開で、ネクタイは首にかけられたままだった。

そんなことまでよく覚えているのは、もうすでに好きだったからだ。

「食事を運ぼうかと言ったら、それはいらないと断られてねぇ。あれはなんだったかね」

腰の曲がった家政婦は、つやつやと赤い頬で穏やかに笑った。

「あぁ見えて、緊張でもしなさったかな」

「まさか」

間髪いれずに答え、佐和紀は肩を揺らした。

ありえない話だ。でも、気づかってくれていたことも確かだろう。周平の優しさはいつもささやかで、だからこそ、強がりばかりの胸の隙間に入り込む。

「ご新造さん。誰かと誰かが恋をする時は、いつだって、その二人にとっては初恋ですよ。

そうじゃないかねぇ」

年老いた声が甘く響き、佐和紀の脳裏に一年前の景色がフラッシュバックした。

初めての恋と、初めての戸惑い。それから、苦しみとせつなさ。初めて抱かれる直前にのんだ、タバコの味。眼鏡の当たらないキスと、腕に食い込んできた指の力強さ。

周平の、肌の、匂《にお》い。

はっとして、瞬《まばた》きを繰り返す。

家政婦はもうそこにいなかった。テーブルには番茶の湯呑みだけが置かれ、台所のカウンターの向こうから水音が聞こえる。

松浦に戻ってこいと言われ、何をショックに感じたのか。佐和紀にも、やっと理解できる。

あれほど慕っていた松浦の言葉を、もう素直に受け入れられない。

一年前の佐和紀には、考えられないことだ。

松浦のためになるなら、男に身体を売ることも厭《いと》わなかったし、松浦のためになるなら、二度と組に戻れなくてもいいとさえ思った。

その自分が、松浦の言葉を否定している。

周平の悪口が許せず、組へ戻る命令さえ拒んでいる。

佐和紀の中で、もう、何かが完全に変わってしまったのだ。

指先で着物の襟をしごきながら、番茶の湯呑みを手に取る。

食卓を挟み、好きだと言って消えた周平を、憎らしく思う。ものさびしさを訴えるくちびるを持て余し、佐和紀は一人で番茶をすすった。


周平が出かけて一時間ほどした頃、『部屋住み』の一人が離れまでやってきた。

屋敷に住み込みをしているから『部屋住み』と呼ばれる、見習い構成員だ。時代の流れと不景気のせいで少なくなったが、大滝組はまだ数人を住まわせていた。

「組長がお呼びです」

部屋住みから言われ、暇つぶしにテレビを見ていた佐和紀は、大きく伸びを取りながら立ち上がった。世話係たちも出払っていて、今日は一人だ。

「お話があるそうで、母屋の広間までお願いします」

「話？　将棋の相手じゃなくて？」

和服の乱れを直しながら、佐和紀は首を傾げた。

「よろしくお願いします。……失礼します」

ぺこりと頭を下げた部屋住みは、質問に答えなかった。閉まったドアを見つめ、佐和紀は眉をひそめる。

いつもは佐和紀と一緒に母屋まで戻っていたのだ。あからさまに怪しい。

嫌な予感しかしないと思いながら離れを出ると、渡り廊下の先に、出かけたはずの周平が立っていた。仕立てのいい三つ揃えのスーツが長身に映え、まるで古い映画に出てくる高級官僚のように凜々《りり》しく艶《つや》っぽい。

「仕事は？」

軽く手をあげる仕草に見惚《みと》れながら近づくと、周平は腕時計に目を向けた。ブラックフェイスの高級時計だ。

「呼び戻されたんだ。急用らしいな」

「俺たちに？」

佐和紀は、もう一度、首を傾げた。そそくさと逃げた部屋住みだけならまだしも、仕事の最中に周平が呼び戻されるなんて初めてのことだ。

足を止めた周平に腕を摑まれ、佐和紀は首を傾げたままで振り返った。真顔がついっと近づいてきて、思わず肩を引く。

「このタイミングなら、松浦さんのことだろうな。弘一さんから連絡がないから、他の誰かが間を取り持ったのかもしれない。覚悟はしておけ」

「なんの？」

「……さぁ、なんだろうな」

毒気を抜かれた周平が、少年めいた表情で笑う。眼鏡を押し上げ、肩をすくめた。

「どっちに転ぶのか、俺にも予想ができない。あの二人には因縁がある。松浦さんに頭を下げられたら、組長だって悪い気はしないだろう」

「周平……。ま、待てよ」

先を歩き出した背中を、佐和紀はあたふたと追いかける。

「オヤジが、組長に頭を下げて、それで」

何を頼むと言うのか。

「佐和紀。深呼吸しろ」

広間の手前で、周平はもう一度、足を止めた。

言われた通りにゆっくりと息を吸い込み、静かに吐き出す。

顔を覗《のぞ》き込んでくる周平の手に眼鏡を直され、佐和紀は自分でも位置を直した。それから、着物の帯を腰に落ち着ける。

二人で呼び出されるのは初めてのことだった。

「心配するなよ？　何を言われても、よく思われていないのはお前じゃなくて、俺だ」

さっと肩を翻し、周平が襖《ふすま》に向かって声をかける。返事を待って、静かに中へ入った。

「お呼び出しとのことで参りましたが」

畳に膝をついて頭を下げる周平が、壁際で待つ佐和紀にも見えた。

「佐和紀も来てるな。こっちに座れ」

座敷の奥から大滝の声がした。周平から目配せを受け、中へ入った佐和紀はまず襖を閉めた。

上座に向かって膝をつき、頭を下げる。

会合に使われる広間は十畳の和室が並んだ造りだ。仕切りの襖は左右に寄せられていた。

周平に続いて腰を上げた佐和紀は、床の間の手前に釘付《くぎづ》けになる。

スーツ姿で座っている大滝の隣に、ノーネクタイで一張羅のジャケットを羽織った松浦が並んでいた。

「佐和紀」

大滝が、空いている座布団を示した。すでに座っている周平の隣で、松浦の目の前。

テーブルなどはなく、お茶の用意もない。これから持ってくるという雰囲気でもないことは明白だった。

覚悟はしておけと言った周平の言葉が、礼儀正しく一礼する佐和紀の脳裏にぐるぐると回る。

組長二人はあぐらを組み、佐和紀と周平は正座している。落ち着かない気分でうつむく視界の端に、周平の拳が見えた。

無骨な結婚指輪が、薬指にはまっている。プラチナではなく、チタンで作った指輪だった。飾り気がなく無骨なデザインだが、つけていることを忘れるほど重量は軽い。

佐和紀は視線を戻し、自分の左手を見た。チタンの結婚指輪と重ねづけしている婚約指輪の、冗談のように大きなダイヤが白く光り、不安だらけだった心がすっと凪《な》ぐ。

息を吸い込みながら、背筋を伸ばした。松浦の怒りを真っ向から受ける覚悟をして顔をあげる。

でも、松浦の視線はそれていた。

猫背になった居住まいに疲れが見える。佐和紀の視線に気づくなり、不機嫌そのものでくちびるをへの字に曲げた。

その隣で、大滝が口を開く。

「二人に揃ってもらったのは、他でもない。来月で、婚礼から一年だ。松浦組長の体調も万全になったことだし、今後のことを、もう一度、決めておきたい」

「去年の決め事では不服がありますか」

周平の問いに、大滝は手のひらを首の後ろにまわした。ふっと目を細める。

「だから、もう一度と言っただろう。あの頃と今じゃ、いろいろと状況も変わってきてるしな。岩下、当初の目的は果たせたな？」

声をかけておきながら、大滝は答えを待たない。

「幹部連中も縁談話を引っ込めたようだし、火種は縮小されただろう。今後の『婚姻関係』の継続については、条件次第という話で」

「待ってください」

耐え切れずに、佐和紀は身を乗り出した。

「どういうことですか」

割って入った佐和紀に対して大滝が眉を跳ね上げる。でも、答えたのは隣に座る松浦だった。

「おまえは黙っていろ。ここに呼んでやったのは、思い違いを正してやるためだ。黙って聞いていろ」

「だからっ……」

立ち上がりかけた腕を周平に摑まれる。引き戻されながら振り向くと、周平は自分の親分を見つめたままだった。

「申し訳ありませんが、ここに若頭のいらっしゃらない理由がわかりません。すべて、あちらにお任せしていますので」

静かな声を出す周平に、大滝も鷹揚な態度で答えた。

「必要ない。急いで縁談をまとめるような話とは違うからな。親の俺が取り仕切って、何か問題があるか？」

大滝の言葉に、周平が黙った。不満を隠しているのが、深く引いたあごでわかる。

岡崎と兄弟盃を交わしている周平は、大滝にとっては外様《とざま》だ。若頭補佐に就く際に親子盃を交わしたとはいえ、二人の関係は薄い。

「そもそもの条件を、こちらは存じ上げません」

周平の声がこわばり、佐和紀も知らず知らずのうちに姿勢を正した。不穏な緊張感が、隣に座る身体からひしひしと伝わってくる。

「ない、というのが本当のところだ」

大滝はにやりと笑った。

「こおろぎ組は戸籍貸しをして、おまえは結納金という形で借り賃を支払った。本来なら、こおろぎ組の運営に対する援助金が、継続的な借り賃の代わりになるんだろうが……」

大滝が言葉を切り、後はわかるだろうと視線で促す。

「援助金を必要としなくなった、というわけですね」

「ありがたいことに、こおろぎ組は軌道に乗りましてな」

松浦が言った。

「幹部たちの頑張りのおかげで、なんとか表の稼業も再開のメドが立ちました。つきましては、岩下さん、そこにいる佐和紀の本体は組の方へお戻し願いたい」

「オヤジ……！」

上っ面だけの話に、佐和紀は非難の声をあげる。

「話を黙って聞けないなら、出ていけ！」

松浦に鋭く叱責《しっせき》され、条件反射で動きを止めた。

「……っ」

くちびるを噛んで睨んでも、長年の付き合いで扱い方は熟知されていた。みっともなく座布団に戻りながら、佐和紀はあぐらを組んで背をかがめた。行儀の悪さなど考えもせずに髪を掻きむしる。

そんな佐和紀を笑いながら、大滝が周平へ向かって言った。

「元は、借金のカタに預かっていたようなものだ。佐和紀は男なんだし、もう金はいらないって言うんだから返してやれ。うちで働かせるのは、筋が違う」

「大滝組長……」

佐和紀は静かに口を開いた。大滝組の仕事を手伝うことは、大滝も乗り気だった話だ。それをまるで、周平だけが言い出したことのように言われ、畳の上に片手をついた。

身を乗り出して、大滝を見る。

ふと優しく細められた目は、将棋をしている時と同じように気安い。だから、恐れ知らずに問いかける。

「それは、俺と周平に、別れろって言ってるんですよね？」

「言ってないだろう」

優しい口調が曲者《くせもの》だ。佐和紀は身を引いてくちびるを引き結ぶ。

何かを口にすれば、そこから揚げ足を取られて不利になると瞬時に悟った。

将棋と一緒だ。この駒を取られるだけならいい。でも、裏では別の駒も狙われている。不利になるのが自分だけなら突っ走れるが、周平の立場に影響するなら安易には動けない。

「なぁ、岩下。おまえの悪ふざけに付き合わせたんだ。これ以上、こおろぎ組に泥を塗ってやるな。そうだろう？」

大滝が、ぐっと声を低くした。

「佐和紀にとっても、ただの男に戻る方がいいに決まっている」

周平は黙った。眼鏡の奥で静かに動くまつげが、伏せ目加減に一度止まる。

何かを考え、周平がまぶたを閉じて、開く。

大滝はそれを待つようなタイミングで続けた。

「……今なら傷も浅い」

「お言葉ですが、惚れた同士が抱き合うことに、問題がありますか」

周平はストレートに答えた。大滝が真顔になる。

「あんまり笑わせるなよ、岩下。俺だって、おまえがどんな素性であがってきたか、知らないわけじゃないぞ。手をつけた結果の『惚れさせた』が罷《まか》り通れば、仁義なんて塵《ちり》芥《あくた》の世界だな。……『イマドキのインテリヤクザ』には、年寄りの世迷い言に聞こえるか？」

大滝が辛辣に言葉を並べ立てる。責められる周平は、それでも黙って聞いていた。逆らうに逆らえないのだ。

絶対的な上下関係は、周平ほどの男でさえ縛り上げる。それが極道社会だ。

「うちのバカは単細胞です。手厳しく躾けられて、服従を愛情とはき違えてもしかたないんですがね」

「思ってもいないことを、口にしなくてもけっこうですよ」

周平が松浦へ向き直った。

「わざわざ佐和紀まで呼び出して、俺をこき下ろすことに意味があるんだとしても、これ以上、お二人の品位まで下げることはありませんから」

「俺は傷ものにされたわけじゃないし……、それに」

慌てて口を開いても、佐和紀の言葉は誰の耳にも届かない。

二人の親分は、佐和紀と周平の関係を、差し出された相手を強姦《ごうかん》して手懐《てなず》けた仲だと位置づけた。どんな感情があって恋仲になったかなんてことは、もうまったく意味がない。

それも、ヤクザのやり口だ。

自分たちの利益のためなら、どんな現実も都合よく捻《ね》じ曲げて押し通す。佐和紀もやった覚えがあるし、周平だって日常的に行っているだろう。

ヤクザ同士のやりとりは、常に、事実をいかに捏造《ねつぞう》するか、そして誰と共有するかの頭脳戦だ。

松浦は、因縁のある相手に頭を下げてでも、佐和紀を連れ戻すつもりでいる。大滝は話に乗ったのだ。逃げ道はもうない。

「何が条件ですか」

目の前の老獪《ろうかい》な男たちに向かって、周平は冷静な声を響かせた。

「条件？　おかしなことを言うんだな」

大滝が肩を揺すって笑う。

「佐和紀を返す気はないか……。おまえほどの男がなぁ。相手なら覚えきれないほどいるだろう」

不意に視線が佐和紀を射抜いた。慌てて背筋を伸ばし、まつげをしばたかせて見つめ返す。大滝はおどけたように小首を傾げた。

「佐和紀。おまえはどうしたい」

「俺は」

佐和紀の声を、大滝がそのまま遮った。

「組を捨てて周平と暮らすのか、それとも古巣へ戻るのか。ふたつにひとつだ」

「……」

ハッとした。目を見開いて、大滝を凝視する。隣に座る周平も身じろぎひとつしなかった。

今まで一度も向けられたことのない大滝組組長としての目が、佐和紀の深淵《しんえん》を覗き込んでいる。

嫌な汗が吹き出してきて、軽い目眩《めまい》がした。太刀打《たちう》ちできない存在感に威圧される。でも、それ以上に辛いのは、松浦がそこにいることだ。

彼がいなければ、自分はもっと悲惨な存在でしかなく、虫けらのように踏みにじられていた。実の父親のように慕った相手への恩を忘れ、『組を捨てる』とは言えない。松浦を裏切ると、どうしても口にできない。なのに、心はもう、決まっているのだ。

大滝はまだ答えを待っていた。冷たく辛辣なまなざしは、佐和紀の人格を試しているようでもあり、誰かの助けを待つ弱さを責めているようでもあった。

周平を頼ろうとする自分を否定できないまま、佐和紀はゆっくりと視線を伏せた。視線の応酬から逃げた時点で自分の負けだとわかっている。それでも、そらした。

「佐和紀」

松浦の声に呼びかけられる。

「その男の『女』としてここに残るか、それとも『男』として俺のもとへ戻ってくるのか。どちらかをおまえが選べ。もしも、ここに残るなら、表には出ないと約束しろ。それが筋の通し方だ」

一年前の自分なら迷わなかった。女か男かと問われて、それが二者択一の質問だとも思わない。

愕然《がくぜん》とした身体から力が抜け、佐和紀は両手を膝についてうなだれた。

「答えはあらためて聞かせてくれればいい。……おまえがどちらを選ぼうが、それはおまえの人生だ」

松浦が立ち上がろうとする気配に、佐和紀は弾かれる勢いで顔を向ける。

それはかつて、組に誘われた時に言われた言葉だ。

同じ台詞《せりふ》を、今この時になって突きつけられ、過去を思い出した佐和紀は表情を歪める。

見つめてくる松浦の表情も歪んでいた。

『女のように生きていくぐらいなら、組に来て、男として生きてみたらどうだ。おまえがどちらを選んでも、それはおまえの人生だ』

自分の手で人生を選ぶ権利があるのだと、初めて気づかせてくれた。その人が、同じことを尋ねてくる。

なぜか、今、また聞かれている。

佐和紀は裾《すそ》を摑んで拳を震わせた。

答えをその場で口にすることが、どうしてもできなかった。

街を抜けて海岸線を辿《たど》り、周平の運転する青いスポーツカーが駐車場に停まる。夕暮れを過ぎていることもあり、車は他に一台もなかった。

「少し、歩かないか」

ドアのある右側から覗き込まれて、周平が運転席から降りていたことに、やっと気づく。カーエアコンの効きがいいコンバーチブルは、屋根を開けていても、見た目ほどには寒くはない。

ドアを開けた周平にシートベルトをはずされ、インバネスのコートにマフラーを巻いた佐和紀は車を降りる。

ひんやりとした風の感触に潮の匂いが混じり、海が近いのだと悟った。

冬のマリーナはひっそりと静まり返っていた。

駐車場から続く小道を抜け、船が係留されている桟橋を眺める。海に向かって作られたウッドデッキは古めかしく、オレンジ色の街灯が、冬の冷たい海風に冴《さ》えざえと光っている。

帆を畳んだ白い船も、夏の日差しを受ければ見違えて見えるのだろう。それは心躍る景色に違いない。

「どれが周平の船？」

「いや、俺は持ってない」

焦げ茶色の革手袋に包まれた手で、周平が白い柵《さく》を摑む。

「向こうに知り合いのクルーザーがある。季節がよくなったら、借りてやろうか。船舶の免許は持ってるんだ」

「へぇ……。いつ取ったやつ？」

「学生の頃だな。友達の親がクルーザーを持ってたんだ。サークルを作って、みんなで乗り回してた頃の『遺産』だよ」

「ふぅん」

佐和紀は気のない返事をした。闇《やみ》に沈む海を見つめる。

去年の春、新婚旅行だといって訪れた熱海《あたみ》にもマリーナがあった。夜の海に繋がれた船を眺めながら二人で肩を並べ、行き着いた先で周平からプロポーズされたのだ。

「どうして、即答しなかったんだ」

革手袋をはずした周平の言葉に、佐和紀は現実を思い出す。

「勝手すぎるし、いまさら……」

冷たい風が目に沁《し》みて、うつむきながら後ずさる。

カシミアのコートの背に向かって、振り返るなと一心に願う。

親子盃をかわした日から、松浦には逆らわずにやってきた。時代錯誤の古い覚悟を持って、組長のために生きてきたのだ。

「周平……」

そっと伸ばした指先でコートの袖を摘むと、振り返った周平に手首を引かれた。傾いだ身体が抱き寄せられ、転落防止の柵に腰が当たる。

佐和紀のマフラーを下げた指先が、首筋をそっと撫でた。

「これが俺たちの生きてる世界だ」

耳朶《じだ》をなぶるようにいやらしい口調は、コートと和服で厳重に包まれた佐和紀の肌に、夜の感覚を呼び起こす。

「とんだ伏魔殿だよな。弘一さんだけがネックかと思ったら、まだまだ潜んでたなんて……笑えない」

首筋から手を離し、ずらしたマフラーを指先で引き上げる。

「おまえに惚れて目の眩《くら》んだ俺のミスだ」

口調はふざけているが、周平の表情は苦々しかった。

「おまえをくれてやるつもりなんて、あの二人にはなかったんだな。……佐和紀、俺はおまえが大事だ」

「俺だって」

答えながら、佐和紀はたまらず周平のコートの襟を摑んだ。

漠然とした不安のせいなのか、膝が笑いそうになり、力いっぱいに引き寄せる。その手を、周平の手のひらが包んだ。

身も心も蕩《とろ》けるような、いつもの温かさに緊張が解ける。

佐和紀はキスを受けようとあごをそらした。まぶたを閉じながら、わずかな違和感に動きを止める。

目を開くのが怖いと、第六感が痺れた。

「俺と別れて、組へ帰れ。佐和紀」

コートから指が引き剝がされる。

手を強く握りしめられたまま、目を開いた佐和紀はしばらく放心した。言葉が脳に届かず、胸ばかりが騒ぐ。肩が揺れ、笑いが込みあげた。

「冗談、きつ、い……」

「いい機会だ。籍を抜いて、『男』に戻れ。戸籍の修正なんて、簡単なことだ」

「ま、待てっ……ちょっと、待ってくれ！　意味わかってんのか！　周平ッ、自分の言ってることが！」

自分から周平の手を振り払い、今度はコートの襟をむんずと摑んだ。そのまま、ひねり上げる。

周平の目は真剣で、瞬きさえ惜しいように佐和紀を見る。

「大事なのは、おまえが『男』でいることだ」

「どうだって、俺は男だよ！」

「だから、他の誰にも利用されないように籍を直して、おまえの正しいと思ってきたことをやればいい。別れるっていっても、戸籍上の話だ。一緒に暮らせないわけじゃない。おまえは俺の部屋の鍵《かぎ》を持ってるんだから」

「……嫌だ」

「佐和紀。目をそらすな」

「嫌だ。別れるなんて嫌だ」

「だから、それは、この茶番をやめるってことで」

「うるさいっ！」

叫んで、周平の身体を思いきり突き飛ばした。一歩だけ退《ひ》いた周平に、振り下ろすつもりでいた両手を掴まれる。

「落ち着けよ……」

周平の声は途方に暮れていた。だから、佐和紀の心はいっそう苛立つ。

一度は背中を押してくれた松浦の心変わりは許せない。自分よりも陰口を信じたことに落胆したし、傷つきもした。

でも、それよりも何よりも、心の中は周平でいっぱいになっている。いまさら、松浦中心には生きられない。

「どうして、そんな、なんでもないことみたいに言えるんだよッ！　俺を守るって言っただろ。家族になるって、そう言ったのはおまえだろ。結局、その場限りのッ！」

「違う。そうじゃないだろ。……違う！」

今度は周平が叫んだ。感情を隠さず、鋭い目で見つめてくる。

「おまえを大切に思ってる。その言葉に、嘘はない。こんな気持ちになるなんて、出会った時は思いもしなかった。弘一さんからあてがわれて、好き勝手に遊んでやるつもりだった。俺が仕込んでから突き返して、あの人に後悔させてやろうって、その程度のものだったんだ」

「……」

「好きなくせに、おまえの初めての男になるのがこわいなんて、あの人も相当のバカだと思ったけどな……。惚れてわかった。おまえの初めての相手になるなんて、自殺行為だ」

「……後悔してんのかよ」

「バカ言えよ。してるとすれば、ちゃんと出会って、ちゃんと口説かなかったことにだ。俺とおまえが、ヤクザ社会で出会って恋に落ちる可能性が、たとえゼロに近くても。ちゃんと段階を踏んでれば、周りからボウズを引かされることもなかったんだ」

「俺が一緒にいると、おまえに迷惑がかかる？」

「それも違う」

弱々しい問いかけを、周平は鋭い声で一蹴《いっしゅう》する。眼鏡を指先で押し上げ、眉根を引き絞って言った。

「こうなった以上、俺が組を……」

「周平、いいんだ」

佐和紀は静かにかぶりを振った。髪が揺れ、頬に冷たい空気を感じる。

「おまえが迷惑じゃないなら、今のままでいい。仕事なんてどうでもいいよ。離れたくない」

「それはダメだ。佐和紀」

小さな子供を諭すように柔らかい声を出しながら、周平が身をかがめた。うつむいた顔を覗き込まれ、佐和紀は泣き出したくなる。

周平の思い詰めたまなざしに、ケンカ師の野生の勘が働いた。

身勝手な親分たちへの意趣返しに、周平は、本気で組を抜けようと考えているのだ。それほど、怒っている。

「……俺のそばで楽して暮らすことが、おまえの生き方じゃないだろう。組と組長のために、自分をなげうったんじゃなかったのか」

「よく言うよな」

佐和紀は震える肩で大きく息を吸い込む。顔を周平に向けると、こらえきれずに涙がこぼれた。

「こんなに惚れさせといて、何も知らなかった頃に帰れって言うのか。いまさら向こうに戻っても、俺はもう、そこが居場所だとは思えない」

「佐和紀……」

「籍は抜きたくない。帰るのも嫌だ。おまえのことを悪く言うヤツのためになんか頑張れない」

「俺がおまえを返したいと、本気でそう思ってるように見えるのか」

周平の両手が頬を包み、指先で涙を拭《ぬぐ》われる。

「俺は、いい人間じゃない。親の言うことが正しいこともあるんだ」

「あんな横暴なヤツ、親じゃねぇよ」

鼻で笑いながら、佐和紀はまっすぐに目を向けた。

「おまえは、本当に短絡的でバカだな」

笑う周平の瞳に、甘く蕩ける熱っぽさが宿り、佐和紀は目を奪われる。

「親を捨てて、俺を選ぶのか」

「だから親じゃねえって……。駆け落ちもしない」

さりげなく、周平の決意に釘を刺した。

大滝組を抜けたところで、周平には痛くも痒《かゆ》くもないだろう。でも、今までの苦労が無駄になる。

周平の『これまで』は、簡単にあきらめられるような過去じゃない。

「俺をこれ以上、つけ上がらせないでくれ」

周平の熱っぽい視線に目の奥を覗かれ、佐和紀の身体はじんと痺れた。

あらぬ場所を刺激され、肉を押されるだけで、涙が出るほど気持ちよくなってしまう、あの時の感覚を呼び起こされる。

「駆け落ちは『しない』って言ってんだよ」

視線をそらし、息をつく。

ちらりと盗み見ると、周平は真剣な表情で目を細めていた。

組を飛び出し、二人で逃げてもいいと本気で考えている顔だ。佐和紀の勘は当たっていたのだろう。

「そうだな」

指先が伸びてきて、佐和紀のくちびるをそっと撫でる。

「当てつけなんてのは、よくない。まるで、あの二人みたいだからな。……でもな、佐和紀。『これ』も当てつけだ」

親を捨てきれず組へ戻るだろうと見越している二人の親に逆らい、これ見よがしに、男である自分を捨ててしまうことだ。

周平が顔を覗き込んでくる。

「よく考えろ。佐和紀。俺の『女』になるってことがどういうことか、わかってるのか?」

「どっちか、選べって言われたんだ。だから、選ぶだけだ。当てつけなんかじゃない」

後ずさろうとした佐和紀の腰は柵に止められ、それ以上は下がれなかった。

「佐和紀。子供みたいなことを言うなよ。松浦も大滝も、俺には関係ない。変わっていくおまえを止めようとする外野が、おまえ自身を傷つける。それが俺にはたまらないんだ」

「……それとこれと、なんの、関係が」

「俺の『女』になるって言うなら、いっそ行くとこまで行こう。おまえにあんな決断を迫ったんだ。結果を、見せてやる」

「周平」

ぞくっと背筋が震えた。佐和紀は大きく息を吸い込む。

周平の瞳の奥に、昏《くら》い炎が燃えている。

「俺がどうして、手加減して抱いてきたと思う?」

「俺が、周平に溺れるから……。たぶん、おまえも。それなりに」

「わかってるなら、帰れ。俺もバカな考えは起こさない。距離を置けば」

「もういい」

頬をなぞろうとする指から逃れるように首を振る。

見つめながらくちびるを引き結び、佐和紀はカシミアの腕へ飛び込んだ。

とっさに抱き寄せる周平の腕は力強く、言葉よりも身体は何十倍も素直だった。自分だけがこの男を理解している満足感に息を吐き、佐和紀は身体の力を抜く。

すべてを委《ゆだ》ねて、しなだれかかる。

「俺は、おまえのものになる。だから、何をしてもいい。嫌がっても……」

口の中がからからに乾き、変えられてしまう自分自身を思うだけで、胸の奥がぎゅっと痛む。

「そんなの、言葉だけのことだから。……加減なんて、しなくていい。もう、いいよ」

両手を伸ばし、周平の頭を掴み寄せる。眼鏡が当たらないように傾けた顔が近づいた。

くちびるよりも先に舌が絡み、ぬめりに口の乾きが満たされる。

「んっ……ん……」

息が乱れたが、かまわずに求めた。

なめらかに動く舌が佐和紀の口腔《こうこう》内を貪るようにかき混ぜ、うなじを大きな手のひらに支えられる。

こぼれ落ちる唾液《だえき》を舐め取られ、その舌先を追いかけて吸いつく。くちびるとくちびるが触れ合い、舌先が絡み合う。眼鏡がこすれ、カチャカチャと音が鳴るのも気にならなかった。

弾む息がどちらのものなのか、それさえ判別が難しい。

きつく閉じたまぶたの裏に、佐和紀は遠い過去の景色を眺めた。

愛する人間を捨てて佐和紀を選び、思い出の曲を繰り返し聞いていた母親の姿だ。狭いアパートの西日の中で、髪を掻き上げ、遠くを見ながら泣いていた。

薄いサテンのシミーズ。細く痩せた腕と脚。薬指には余りすぎる、人差し指のリング。

なぜ産んだのかを尋ねたことはない。

母や祖母からは愛されたし、祖母の恋人も優しかった。だから父親がいないことも、母が水商売で疲れ果てていることも、気にならなかった。子供心は満たされていた。

ただ、夕日の中で泣く母の悲しげな姿だけがたまらなくて。そんなふうに後悔するぐらいなら、自分のことなんて捨てていいと、喉元まであがってきた言葉はいつも声にならなかった。

「周平……」

喘《あえ》ぎながら名前を呼ぶと、濃厚なキスに下半身が焦れ始める。

「おまえの奥さんのままでいたい……」

言葉にすると、胸が痛んだ。

松浦は、佐和紀が戻ると思っている。周平との関係をやめて、男らしく生きることが正義だと、そう信じているのだ。

それは正しい。たとえ同性愛者だとしても、周平は選ぶべき相手じゃない。自分だって、外野ならそう思ったかもしれない。

だけど、ここまで惚れてしまってからでは手遅れだ。

セックスでしか癒《いや》せない傷を持っているくせに、周平はそれを佐和紀にも隠す。大滝と松浦のやり方に、本当は誰よりも怒っているのに言葉にしない。恋人同士でも、夫婦でも、相手の心のすべてを知るわけじゃない。知れば自分が傷つくこともある。

それでも、そばにいたい。

ただ、家族でいたいだけだ。そのためなら誰のことも裏切るし、誰のことも捨てていく。周平とのセックスで自我が揺らいでも、心の中の何かが作り変えられても、自分だけがしてやれるなら、周平のすべてを受け止めたい。

それが、ずっと考えてきた、自分だけにできる何かなら、なおさらだ。

「いつまでも優しく抱けるほど、俺も出来た人間じゃない。本当に帰れなくてもいいんだな」

糸を引くようなキスをした周平のくちびるを見つめ、どこに、と聞き返したくなる。かつての自分なら、もうどこにもいない。

いま、二人の関係に距離を取っても、男に抱かれる前の佐和紀には戻れない。

「しつこいんだよ」

睨み返して、周平の胸に指を突きつける。

「おまえのためだけに生きるのが、そんなに悪いことか？　閉じ込めておきたいならそうしろよ。『男』の生き方をしなければ男じゃないなんて、そんなのは嘘だろ。おまえがどれだけ俺を抱いても、男は女にならない。性転換でもさせるか？」

「……悪かったよ。俺のそばにいろ。どこにも行かなくていい。……行かせないから」

骨がきしみそうなほど強く抱きしめられ、繰り返される息づかいに目を閉じる。

佐和紀を抱いているのは、『大滝組の若頭補佐』じゃない。

若気の至りで道を踏みはずし、この日陰の社会でさえ異端視される、岩下周平という、ただの男だ。

狂おしい気持ちをぶつけるように、佐和紀は背中へとしがみついた。

義理と情に挟まれて、母もこんな気持ちで自分を選んだのかと思う。そうだったとしたら、本当に、捨てていって欲しかった。愛して愛されることを知ったからこそ、愛する誰かを失った母の決断が身に迫る。

佐和紀はいっそう強く目を閉じた。

薄く開いた視界の中に開けっぱなしのドアが見える。移動しながら脱いだ衣服は床に散乱していた。

マフラーを玄関で、コートはキッチンの手前で脱いだ。帯はリビングのそばに落ちているはずだ。

「ちょっ、……待て、よ」

周平が秘密基地にしているマンションのベッドで、佐和紀は身をよじる。

「何言ってるんだ」

周平に笑い飛ばされ、うつ伏せになった脇《わき》の下から忍んできた指で胸の突起を摘まれる。

「んっん……！」

痛みが走るようにひねられた後で、薄い筋肉全体を揉まれる。ふくらみのない胸なのに、淡い痺れは全身に広がった。

「やだ、胸ばっか……」

「嘘つけよ。気持よさそうな顔してるくせに」

肩を摑まれて、また仰向けに戻される。

一度目の交わりでつけたキスマークを、周平はまた丹念になぞって吸い上げた。ざらつく舌で肌を舐められ、手のひらでさすられながら肉を揉まれる。やや乱暴な愛撫が、達した後の佐和紀を煽った。

情事の後戯ではなく、新たな前戯だ。わななくように震えた肌をなぞり、周平が甘く微笑む。

「俺の『女』になる覚悟は、できてるんだろう？」

囁いたキスがくちびるに当たった。そのままあご先から首筋、そして鎖骨を通って胸に辿り着く。

「くっ……ん……ッ」

片方の乳首を指でこね回し、もう片方を強く吸われる。一年前はただの突起に過ぎなかった場所が、今はもうどうしようもないほどの性感帯に変わっていた。舐めしゃぶられ、周平が吸いついていると思うだけで下半身が立ち上がる。

「遠慮しないで自分で触れよ」

「そ、んな……」

「俺はこっちで忙しい。ほら……。ん？」

股間のものをしごくように促された。

「ん……やっ……」

髪を揺らして拒んだが、動き始めた手は自分でも止められない。

立てた片膝を開き気味にして、佐和紀は片手で自身をしごいた。その息づかいに合わせる周平が乳首を吸い上げ、指でつぶすように押し込み、そしてまたコリコリと刺激を与えてくる。

「もう……乳首、やめようよ……」

周平の髪に手をかけて引き剝がそうとすると、

「ダメだ」

拒む意思を伝えるためなのか、カリッと歯を立てられる。

「いっ、……たっ……。噛むなっ……」

ぐっと縮こまると、周平に押し開かれた。覆いかぶさってくるのを睨んだが、まるで効き目がない。それどころか、笑顔でさらりとかわされる。

佐和紀の脚の間を撫でた指は、後ろへと肌を辿った。

「んっ……」

「俺が乳首にこだわるのは、女にもそうするからじゃない……」

「……噓つき」

「誰にでも聞いてみろ。こんなにしつこくしたことないぞ。……おまえの乳首も亀頭も、俺が舐めるのにちょうどいいんだ。癖になるような、な……」

「へんったい……っ」

本心から罵ったが、声が途中で裏返る。後ろのスリットをなぞった周平の太い指が、ローションでぬめる場所を分けたからだ。

親指が押し込まれ、柔らかくゆるんだ場所が快感を期待する。佐和紀は恥ずかしさにくちびるを噛んだ。

周平はわかっていて恥ずかしがらせている。全身が熱くなり、肌がじわりと汗ばんだ。

「気持ちいいんだろう？」

もう何を口にしても、周平の声は卑猥にしか聞こえない。

そして、言葉は佐和紀の図星を突く。親指を差し込まれているだけなのに、身体中に甘い快楽が這い回る。

もっと激しいものが欲しいような、このままジワジワと追い込まれたいような、複雑な気分で佐和紀は眉根をひそめた。

「後ろと乳首でイケたら、ご褒美に、嫌ってほど入れてやる」

「……っ」

冗談じゃないと突っぱねたかったが、身体の方が先に反応した。片手で握りしめた屹立が跳ね、同時に後ろが周平を締めつける。

「な、んだよ……も、やだ……」

「後悔するのはもっと後にしておけよ。気持ちのいい時は流されてればいいんだ。本当に感じたら、別次元のものだってわかるから……」

「なに、それ。……こえぇ……」

呻《うめ》くように本音が漏れる。それをなかったことにするような周平のキスがくちびるをふさぐ。

「んっ……ん……」

ひとしきり佐和紀を味わい、周平は唾液の糸を引きながら顔を離す。

太い親指の代わりに、長い指が佐和紀の中へ入ってくる。一本が入り口をなぞり、二本目が後に続く。

「んんっ……。はっ、あ……やっ」

絡んだ指の節くれた部分が、何度も入り口を刺激した。

無意識に逃げる腰を追われ、ベッドのヘッドボードに肩が押し当たる。それ以上、退くことができなくなると、周平は満足気に笑った。

「力を抜けよ。もっとねじ込んでやるから……」

「あ、あぁ……はっ、ん……ぁ」

指がぐいっと奥へ入るだけで声が漏れ、太ももが痙攣《けいれん》する。

「おまえの中、とろとろに柔らかい。足りないだろ、指じゃ……」

低い声に耳朶をなぶられる。佐和紀は顔をそむけた。手にした自分の性器が脈打ち、その淫靡《いんび》さにいっそう身体は刺激を欲しがる。

　噛まれた乳首の痛みを思い出し、物足りないのはそこなのか後ろなのか、真剣に考えて目眩を覚えた。

　簡単すぎる答えに戸惑い、打ちのめされ、強くまぶたを閉じる。

　欲しいのは、どちらもだ。乳首も後ろの穴も責められたい。

　卑猥な快感は苦しいほどに甘く、佐和紀を色情のふちで揺らがせる。

「どうした」

　周平が笑う。人をなぶる余裕は、嫌味だ。見ているだけでイキそうになるほど、眼鏡をはずした周平の瞳は淫蕩《いんとう》に色っぽい。

　出会わなければ、こんなセックスは一生知らなかったのだ。そうすれば、こんな恥ずかしさに身悶《みもだ》えることもなかった。そう思う憎らしさに、佐和紀はくちびるを震わせる。

「……胸、触って……」

　口にすると羞恥《しゅうち》で肌が熱を帯び、周平の背負う牡丹の花の色が目の前でチカチカと眩《まぶ》しく揺れる。

「俺の乳首、もっといじって……」

「やけにヤル気だな」

「……当たり前だろ……。俺が、望んだんだ……」

結婚したからでも、求められるからでもない。そばにいるために自分が選んだことだ。出会わなければと考えても、出会ってしまった今は、ただ離れがたい。

「俺に、挿《い》れさせたい……から。もっと気持ちよくして」

周平の凜々しい眉が引き絞られ、男臭い苦笑が目元に浮かぶ。

指が佐和紀の肌を伝い、そっと乳首を摘んだ。それから、舌が這う。

「ふッ、……んっ……」

じわっと性感が募り、佐和紀は手のひらで股間を包んだ。

敏感な鈴口を肌にこすりつけ、膨張した幹を根元からしごく。

「……はっ、あッ……」

まだ足の間にある周平の手が、荒々しく指の抜き差しを始め、佐和紀を苛んだ。

胸と内部への愛撫の強弱は、アンバランスに乱れながらシンクロする。

「だめ……だ……。周平っ、いやっ……」

息を乱して腰を揺らす。鈍い感覚が腰に広がり、神経がとがる。

たかだか感覚だと、いつも思う。周平に出会うまでは、感じないことができると信じられた。

他の男に何をされても、身体は佐和紀のコントロール下にあり続けたからだ。

なのに、裏切られる。理性が本能に騙《だま》され、周平の手管で押し流される。

嬌声《きょうせい》をこらえて息を吐き出し、佐和紀は呻いた。

快楽は痛みだ。腰の周りをじわじわと締めつける疼《うず》きに耐え切れず、髪を振り乱す。

「あっ……あ。も、もう……ッ」

立てた両膝が、快感を恐れて閉じる。佐和紀は大きくのけぞってブルブルと震えた。気持ちが良すぎて、そのことしか考えられない。

「出せよ」

乳首を舐める周平から上目遣いに見られ、それがもう限界だった。

「あ、あっ、あっ！」

性器の奥にあるスポットを、指でぐりぐりと押される。さらに鈍い苦しさが腰を駆け巡り、太ももの筋が張り詰めた。

一気に駆け上がりたくて、根元をしごきながらシーツを蹴ると、周平のもう片方の手に先端を激しく揉まれた。

「や、やめっ……あ、あぁっ！」

自分の手と、人の手は違う。ぬるぬると広がる先走りが強い刺激になり、佐和紀は無意識に身をかがめた。

なのに、周平は容赦なく指を動かし、後ろの内壁を掻き回す。

「は、はぁっ……ぁ、はぁっ……う」

佐和紀の下腹部で、何かがじわりと溶け出した。それはひどく淫らで、取り返しのつかないほど爛《ただ》れた性感だ。

たまらなくて、佐和紀は顔をしかめた。

「やらしい、顔してる……」

囁いた男の声に、目の前が真っ白になる。

冷たい言い方だと傷ついた瞬間、裏腹に淫虐な刺激を覚えた。

醒《さ》めて聞こえるのは、本心を押し殺しているからだ。佐和紀が欲に溺れきったいやらしい顔をしているなら、そんな表情をさせる悦楽の主はもっといやらしい。

「あっ、はっ……い、く……っ」

のけぞり、震えながら口を開く。手を動かす余裕もなかった。

「はっ。ん……、んんっ！」

射精した瞬間、周平に乳首を吸われ、

「い、たっ……やっ……あっ……」

逃れられず、声を振り絞る。

「あぁ、んっ、あーーッ……！」

悲鳴に近い嬌声をあげて周平にしがみついた。号泣に近い喘ぎを繰り返す。

「あっ、は……ヤッ、ヤだ……ッ！」

喉に引っかかる甲高い声で拒む。

指が抜かれ、佐和紀は這いずって逃げた。引き戻され、天地が逆さまになる。枕《まくら》を蹴った足に周平の指が食い込み、力ずくで左右に開かれた。

「はぁっ、ぁ……ひ、……はっ」

何かを言おうとした佐和紀の声は、喉の奥で引っかかる。

求めるのか、拒むのか。自分でもわからない動きで、腰を掴む周平の手を掻いた。

「あっ、あぁっ！」

ぐずぐずにほぐれた場所を一息に貫かれ、佐和紀の覚悟は跡形もなく崩れ去った。身体が燃えるように熱くなり、汗が吹き出してくる。

「まだ、こっちで感じる余裕もあるみたいだな」

「ぁ……あぁっ……」

「気持ちいいだろ」

小刻みに腰を動かす周平が眉根を寄せ、卑猥に舌なめずりする。ちろりと見える肉の色に、佐和紀は怯《おび》えながら視線をさまよわせた。声は言葉にならず、息が激しく乱れる。

二度、三度と、腰の奥をえぐられ、佐和紀は悶えた。スキンをつけていない生の感触は絶大で、周平の熱と形に翻弄《ほんろう》される。

「ひっ、ぁ……あっ……ッ」

無意識に口元へと引き寄せた手を、周平が剝がす。

「そんなもので耐えられると思うなよ」

目を細めて微笑み、

「動くぞ」

周平の腕が、佐和紀の頭部を押さえ込む。

肘が肩につき、肘から先の腕が耳をふさぐように伸びる。長い指が佐和紀の髪に潜った。

腰をねじ込まれ、佐和紀の両脚がさらに開く。

「……っ！」

激しく突き上げられ、目の前に火花が散った。

「声を出せ」

「う、っ……ぅ」

佐和紀が呻いても、周平の動きはゆるまらない。それどころか、角度を変えて何度も何度も突き上げられる。

「佐和紀……っ、締めるな。呼吸をしろ」

命令してくる周平の息も苦しげに弾む。

「んっ、ふ……っ、ん」

息の継ぎ方も忘れて、佐和紀は周平の腕を摑む。身体が小刻みに震え、小さく跳ねる。

「……っ」

周平が舌打ちするように息を吐いた。そして、呻く。

「絞るな……出るだろうが」

忌々しげな声で言った周平が、佐和紀の頭のすぐ横に顔を伏せる。

ぐいっぐいっと奥を穿《うが》たれ、そのたびに目の前がチカチカした。快感に翻弄される視界がモザイクのように欠けていき、佐和紀はまた息を止める。

「佐和紀、佐和紀ッ」

名前を呼ばれて、意識が戻ってくる。それと同時に、ひゅっと喉が鳴った。

「落ちるな、バカか」

これからがいいところだと、恐ろしいことをのたまう男がぴったりと腰を押しつけてくる。周平の動きが止まると、佐和紀の下腹部は、内側からビリビリと痺れた。

「んだよ……これ……」

悪態が口をついて出る。声は低くかすれ、ひそめた眉をさらに歪める。

周平を内部に納めているその場所が身勝手にうごめき、周平に絡みついた。その感覚が癖になることは、言われなくてもわかっていた。

もっと深い結合と刺激を求めた腰が自然と揺れ始め、やがて佐和紀にもコントロールできなくなる。

「……んん、…ぁ…っ」

欲しがって動くというレベルじゃなかった。

脳が欲望を感じる前に、身体が快感を得ている。それはすべてダイレクトに四肢へ行き渡り、深い酩酊《めいてい》のようなけだるさの中に炎が弾けた。

「いい顔だ」

頬をすり寄せてきた周平がそのまま、肌にくちびるを押しつけてくる。

「ぁ……は……っ」

ただそれだけのことでも呼吸の仕方も忘れかけ、ままならなさに喘ぐ。

「自分で動くか？　それとも動いてやろうか」

水の中をたゆたうように全身を揺らしている佐和紀は、呆然《ぼうぜん》としたままくちびるを開いた。舌が絡むと、びくっと腰が揺れ、それがまた深い快感になって涙が込み上げてくる。

「惚れている相手とヤるのが、こんなにイイなんてなぁ。たまらないな……」

周平の動きは静かだった。なのに、快感は激しく打ち寄せ、佐和紀はいっそう苦しくなる。伏せたまつげを震わせる涙よりも先に、閉じ切らないくちびるの端から唾液がこぼれた。

「……っ、あ……、あ」

「気持ちいいな、佐和紀」

「……気持ち、いい……」

なんとか答えた声はかすれる。

「おかしく、なりそ……」

「それは、これからだ」

何を言われても驚かない。

開いてはいけない未知の扉は、すでに開いてしまった。

心だけじゃなく、身体も、周平なしではいられなくされた。そう実感した瞬間、涙がこぼれた。

動き始める周平の腕に顔をこすりつけ、細い泣き声で喉を震わせる。

快感に身悶えてしがみつき、こらえきれない嬌声をあげた。

周平の腰に脚を絡め、快感を訴える。淫語を耳に囁かれ、普段なら絶対に口にしない言葉を、声に出して繰り返す。

満足気に発情する周平は、いっそういやらしく腰を使った。

浅く深く貫かれ、こすれあう角度が変わるたび、性感は激しく渦巻く。

気が狂いそうな絶頂間際の寸止めを繰り返され、周平の精液を二回、奥へ流し込まれた。

掻き出している間にも欲情が燃え、後ろから散々突かれた挙句、ヘッドボードにすがる中腰の立ちバックでイかされる。

「もう、無理……」

喉が嗄《か》れ、声がかすれる。

ヘッドボードにもたれて座る周平に腕を引かれ、佐和紀は涙でぐちゃぐちゃになった顔を手のひらで拭いながら男の腰にまたがった。

「まだ欲しいんだな」

周平が笑う。無理だと言ったのは、佐和紀だ。なのに、身体は裏腹に動いていた。

「無理？」

自分の足の間にある周平の性器をさすりながら、目の前のくちびるを舐めて問いかける。

「どうかな……」

シニカルに笑う周平の瞳にそそられて、

「俺のこと、好きなら勃てろ……」

佐和紀は後ろにずれて、その場にうずくまった。さっきまで自分の中で暴れていたものを両手に包む。柔らかいまま口に含んで吸った。

「食うなよ」

疲れているのは周平も同じだ。ふぅっと吐き出す息に疲労が滲《にじ》む。

「食うより、使い道があるのに……」

流れ落ちてくる髪を耳にかけ、佐和紀は舌を這わせる。ゆるやかに形を取り戻したが、初めほどの勢いはない。

股間を弄ばれるに任せた周平は身体をよじり、サイドテーブルのタバコを引き寄せた。

「おまえは基礎体力があるんだな」

煙を吐き出し、佐和紀の髪を撫でて言う。

「舐めてろ。すぐに勃つ。一本、休憩したらな……」

「周平より俺の方が若いんだから、体力があって当然だろ」

「知的欲求も、だろうな。……そこ、いい。もっと舌で」

心地よさそうな息づかいとともに、下半身のものも佐和紀の手の中で息を吹き返す。

「来いよ、そのまま」

サイドテーブルの灰皿でタバコを揉み消した周平に腕を掴まれる。フェラチオを労うキスは戸惑いもない。性器を口にしていたくちびるをベロリと舐められた。

またがった姿勢で挿入を促され、佐和紀は視線をそらす。

「まだ恥ずかしさが残ってるところが、また……」

いやらしく目を細める周平に腰を掴まれた。

「握って、位置だけでも合わせていろ。俺が動く。まだ後ろは濡れてるはずだ」

言われて、自分の指を這わせる。ローションなのか体液なのか、まったく判別つかない感触だが、指はぬるりと入り込んだ。

「んっ……」

「自分で楽しむな。俺がさびしくなるだろう？」

見据えられて、引き抜いた指を周平の屹立に添える。

「待って……。やっぱ、自分のペースで」

「いいよ。……どうぞ」

片手を周平の肩に乗せ、ゆっくりと腰をおろす。

「んっ……。あ、あ……」

敏感な肉を内側から刺激され、腰がビクビク揺れた。繋がれば繋がるほど身体は敏感になる。

「見てんなよ。いやらしい」

「いい眺めだ。やめるのか？」

「……うるさいな。んっ、は……。あっ……」

快感がじわじわと広がり、眉をひそめてやり過ごす。波が収まり、佐和紀はゆっくりと息を吐き出した。

「タバコ……吸いたいな」

何気なく言うと、周平が笑いながら新しい一本を引き寄せる。自分で火をつけてから、佐和紀のくちびるに差し込んだ。

「こういうの、アリなんだ……」

周平を身体の中に深々と飲み込んだ苦しさを眉間《みけん》に浮かべ、佐和紀はタバコを吸った。苦い煙が肺を満たし、二人の間に柔らかく漂う。

「あぁ、気持ちいい……」

心底から湧き上がる感情を気負いなく口にして、タバコを指に挟んで持ちながら腰をひねる。静かな快感を味わいながら煙を吸い、フィルターを周平に向ける。

くちびるに挟んで受け取った周平も、二口ほど吸ってから火を消す。

繋がりはしたが、お互いに射精をするほどの元気はない。

なのに周平の指がいたずらに乳首をこね始め、佐和紀は両手を周平の肩に置いて揺れた。じわじわと股間が半勃ちになり、それはそれで気持ちがいい。

「周平。このまま、寝そう……」

「それはやめろ。全身、ドロドロなんだから」

「どうして？　適当に拭《ふ》いといて？」

「……拭いたぐらいじゃ取れない。風呂場で別の楽しみを教えてやるから、寝るな」

胸の薄い肉を揉まれ、佐和紀はくちびるを噛みながら伸び上がった。イキそうでイケない微妙な快感で、胸のあたりにもやもやが溜《た》まる。

「いいよ、もうこれ以上は……。死ぬ、って。……本当に、信じられない絶倫だな」

性的なことだけじゃない。どこにそんな底力があるのかと思うほど、周平は精力的だ。

「褒め言葉だな」

軽いキスをして笑う周平の頰を、両手で挟んだ。

「うん。褒め言葉だ」

鼻先をそっとこすり合わせ、チュッと音を立てながら、くちびるの端にキスを返す。

自分が選んだ道を後悔しない自信があって、松浦の期待を裏切る覚悟も決めた。

なのに、胸の奥がちくちくと痛んだ。

見ないようにしても、願いは残る。やっと得ることができた人生の幸福感を、親と慕った松浦に承認して欲しいと思うことは、そんなに迷惑な話だろうか。

思い出して憂鬱《ゆううつ》になった心情が顔に出たのか、周平にうなじの髪を撫でられた。

「後悔してない……」

タバコの匂いのする肌に頰を押し当てる。

優しい周平は何も言わない。二人でいられれば、それだけで幸せだ。でも、それが人生のすべてでないことを、周平はきっと、佐和紀よりもよく知っている。

だから、帰れと言い、距離を置こうと言ったのだ。

受け入れられなかった自分の幼さに気づき、佐和紀は目を閉じる。でも、やっぱり、後悔はしていなかった。

周平は割り切った考え方をする男だ。でも本心から離れることを望んだわけじゃない。
だから、これでいい。
そう心に繰り返して、キスを求めた。
出会った時と変わらないくちびるの温かさに、吐息がほどけて溶けた。

4

呼び出されてから、五分が経過した。

ロイヤルリモージュのティーカップに注がれた紅茶が冷めていくのを、周平はただ待っている。目の前には、大滝が座っていた。

「佐和紀は、どうしてる」

組長の自宅に作られたサンルームの前には芝生が敷かれ、子供用のブランコが植え込みの手前に見える。初春の日差しを受け、錆《さ》びているのも絵になる光景だ。

「泣いてはいません」

スーツの背中をぴんと伸ばした姿勢のまま、周平は無感情に答える。ニットガウンを羽織った大滝は眉をひそめ、これ見よがしに肩を落とした。

「そうだろうよ。そういうタイプじゃねぇからな。このまま、マンションに監禁するつもりか」

「……軟禁です」

「自分で言うなよ。こっちは冗談で言ったんだ」

「そうですか」

周平がまっすぐに見据えると、大滝は薄笑いを浮かべた。視線を交わしたままでタバコを引き寄せ、ライターを出そうとした周平を手で制止する。

「将棋でもするか、岩下」

「申し訳ありませんが、予定が詰まっていますので」

「佐和紀となぁ、連絡が取れねぇんだよ。おまえの舎弟に頼んでも、マンションに電話がないって逃げられる。躾《しつけ》が良すぎて、けったくそ悪い」

「ないんですよ、本当に」

「おまえの『本当』が『大嘘』だってことぐらい、俺にもわかってる。いつ戻ってくる」

洒脱な仕草でタバコに火を点け、大滝が言った。

「戻ると思ってるんですか。今の佐和紀を戻せば、屋敷の公序良俗が乱れますよ。部屋住みと出入りの組員がおかしくなってもいいなら、いつでも戻します」

「……おまえは、結局、それか」

周平の性癖は、幾度となく屋敷を騒がせてきた。まだヤり足りないのかと言いたげな大滝を、周平は静かに見つめ返す。

「他に、何がありますか」

「いいや。別に……」

太い眉を跳ね上げ、大滝はどっしり構えたまま煙を吹き出した。

「まさか、この五日間、ずっとじゃないだろうな。……ずっとか。ったく……、相手をしてるあいつが不憫《ふびん》だ」

「他人の夫婦生活に興味がおありとは知りませんでした」

「岩下。おまえな」

大滝がぎろりと睨んでくる。周平は真っ向から受け止め、眼鏡をついっと押し上げた。

新婚生活を大滝組の屋敷で過ごしたのは、岡崎からの命令だった。嫌になった佐和紀が逃げ出せるように、周平が無茶をしないように、先を見越して注文をつけてきたのだ。

それは確かに周平のストッパーになった。佐和紀に逃げ出される心配をしたからじゃない。夜の営みでフェロモン過多になった佐和紀を、人目にさらしたくなかったからだ。

今は、その心配もない。夜更けまで抱いて、寝起きを襲う。佐和紀は、パジャマを着替える気力もなく、日がな一日、ベッドで過ごしている。

今や、周平のためだけに息をして、夜毎《よごと》のセックスのためだけに食事を取り、身繕い代わりのシャワーを浴びる生活だ。

「佐和紀の真面目《まじめ》さは、お二人もご承知のことと思いましたが」

「真面目かどうかって話か？」

大滝が鼻で笑う。

「他に道がないと思わせたのは、俺じゃありません」

「責任転嫁だろ、岩下。説いて納得させられないはずがない」

「お言葉ですが」

無表情のまま、周平は言葉を切った。

「渡りに船とは、このことです。俺たち二人とっては、踏ん切りがついてよかったんですよ」

「いけ好かねぇな」

大滝から吐き捨てるように言われ、視線を伏せた。受け流して顔をあげる。

いまさら、どうということもない評価だ。

娘婿である岡崎をバックアップする金庫でなければ、女を食いものにしてきた周平なんて、『直系本家』からの若頭補佐にはなれなかった。関東全域に勢力を伸ばす大滝組の中核である『直系本家』が、昔ながらの任侠《にんきょう》道を掲げていられるのは、汚い金集めをすべて下部組織に任せているからだ。裏を返せば、本家を清廉に保つためだけに、裾野を広げたとも言える。

「船を差し向けたのが組長だとしても、お礼代わりに佐和紀を寄越すことはしません。……松浦さんに顔向けができませんから」

「味見をさせろなんて言ってねぇぞ。将棋の相手を……」

「ですから。これ以上、俺の嫁を巻き込まないでください。そう言ってるんです。それとも、もう少し、嚙み砕きましょうか」

「言ってみろ」

大滝が乱暴にタバコを揉み消す。凄味《すごみ》のある視線を、周平は軽くかわした。

「子供のようにかわいがってきた子分を引き剝がし、男好きにして裏切らせる……。惚れた女を奪った相手への意趣返しなら、もう十分なはずです。それとも、組をつぶすまで続けますか」

「はっきり言いすぎだぞ」

大滝はフッと息を吐いて笑う。

図星を突かれようが、真実を暴かれようが、笑って済ませる大滝の器はでかい。だからこそ、自尊心についた傷は、今も癒えないほどに深くなる。

「いつ、気づいた？」

「俺の結婚を許した時です」

「早いな。さすが、と褒めるべきか」

「いりませんよ。やめてください」

大滝組本家の家訓を守り、任俠道に清廉さを求める大滝だ。若頭補佐の同性愛嗜好《しこう》だけならまだしも、同性婚を許可するはずはなかった。

気を変えたのは、佐和紀がこおろぎ組の最後の一人だと知ったからだ。

「弘一さんには言わないでくださいよ」

「バレると厄介か」

「それはお互いさまだと思いますが」

岡崎は松浦を慕っている。だから、頭を下げた松浦が陥れられたと知れば、さすがにこじれる感情も生まれてくるだろう。

「あいつが、お前みたいに意地汚いやつじゃなくて、本当によかった」

「本心ですか」

周平の問いかけに、大滝は笑いながら肩を揺する。

「人の上に立つ人間はな。できる限りきれいな手をしている方がいい。そのために、おまえがいるんだ。……本心だよ」

「そのようですね」

聞くまでもないことだった。

岡崎を組長へと押し上げるためだと、京子に協力を頼まれた時から、自分の役割は理解できている。岡崎の分も恨みを買い、汚い手を使い続けてきた。

岡崎自身はそれを快く思っていないが、京子の方は割り切っている。父親の大滝も同じだ。周平の性癖を嫌いながら、涼しい顔で利用していた。

「でもな、岩下。俺だって、おまえをかわいがってるつもりだ」

大滝に勧められたタバコを断り、周平は自分のスーツから箱を取り出した。一本抜いて火を点ける。

「惚れた相手の心に自分しか住んでないってのは、いい気分だろう。親心に感謝しろよ」

大滝も新しい一本に火を点けた。

「……感謝します」

苦虫を噛みつぶすような思いで、周平は言葉を発した。

佐和紀が周平を選ぶことを見越していたのと同時に、周平の中に渦巻く欲望も見透かされていたのだ。

「おまえに五日間も好きにされてりゃ、佐和紀もなぁ……」

そうつぶやき、大滝がタバコを揉み消す。フィルターに噛み痕《あと》がついている。

「がっつきすぎるなよ、岩下。壊れても、修理はきかないんだからな」

大滝はすくりと立ち上がった。

「京子には会わせてやれ。それから、俺との将棋も、そこそこで再開だ」

「……それは命令ですか」

座ったまま目で追うと、大滝は本を手に戻ってきた。

「命令だ。これを渡してやってくれ。これがお前を呼び出した『本題』だよ」

差し出されたのは、棋譜集だ。立ち上がって受け取り、一礼した。

「ご忠告、痛み入ります」

「俺が寝取ればな、松浦を打ちのめせるとも思ったんだけどな」

大滝がにやりと笑う。

「まぁ、その前に、佐和紀にうっかり殺されそうだから、やめておく。あいつは大事な将棋仲間だ。それだけだよ」

どこまで本気なのかわからない飄々《ひょうひょう》とした態度で、大滝は再びサンルームを出ていった。

残された周平は、手にした本に目を向ける。

「伏魔殿の親玉が……」

任侠だ、清廉だと、お題目を並べ立てても、結局は、下部組織に這いつくばって金を集めさせる極道者だ。

そんな大滝でさえ、佐和紀には甘い。だから、廃業寸前だったこおろぎ組は持ち直したし、今回もこの程度の事件で済んでいる。

組長の離れを辞して母屋に戻りながら、周平は、佐和紀の将来を考えた。

仕事を与え、自立させ、肩を並べて立つ。

セックスがほどほどでも、心が通じ合っていれば幸福感は得られるはずだ。

「……なんてな」

くちびるを歪め、眼鏡をはずす。

もう遠い希望だ。そうできると信じていた頃もあった。

セックスの回数を控え、泣き叫ぶほどには抱かず、じわじわと愛情を注ぎ込んだ。今思えば、枯渇することを楽しんでいただけに過ぎない。

広間に呼び出され、佐和紀が決断を迫られた時、周平の心はかすかに震えていた。

佐和紀を失うかもしれない不安にではなく、これで決定的になる勝利に、だ。

佐和紀のすべてを手に入れ、自分だけを見つめさせるためには、何よりも佐和紀自身の許しが必要だった。

愛の言葉でも、約束の台詞でもない。

承認と承諾。それがすべてだ。

離れに立ち寄った周平は、自室の棚に棋譜集を置いて母屋の玄関に向かう。

佐和紀に対する好意は、自分の親分だろうと、橋渡ししたくない。

ネクタイの歪みを直し、ジャケットのボタンを留めた。恋に溺れる感覚は甘く爛れ、周平をいつになく浮足立たせていた。

＊＊＊

「石垣を呼んだから、着替えを取ってこいよ」

マンションの玄関先で周平に言われ、パジャマ姿の佐和紀は顔をしかめた。受け取った靴べらの柄を弄ぶ。

「バツが悪いのか？」

「そんなことあるか。めんどくさいんだよ」

見つめると、視線が戻ってくる。差し伸ばされた指が頬を撫でた。近づいてくるキスはねっとりと甘く、ベッドの中のそれとなんら変わりない。

抱き寄せられた腰は痺れ、

「そんな目をして見るなよ。ベッドに戻りたくなる」

周平に囁かれて目眩がした。

「いい加減、シンが怒るだろ……。行ってこいよ。待ってるから」

佐和紀は身をよじり、手触りのよい生地を押し返す。その手を周平が握った。

「佐和紀」

「……なに？」

「京子さんと会ってこい」

「あ、あぁ……うん」

「松浦さんにも、会うなとは言ってないからな。おまえの思うようにしろ」

「それは」

続きが言葉にならなかった。周平の指が、頬をなぞって離れる。浮かない表情のまま、佐和紀はうつむいた。

「あんまり時間を置くと、会いにくくなることもある。弘一さんも心配してた」

「勝手に心配させてればいいじゃん。知らねぇよ」

「そうか」

苦笑した周平は、しっかりと目を合わせ、行ってきますと口にして背を向ける。佐和紀は行ってらっしゃいと答えた。

ドアが閉まり、オートロックがかかる。

一週間前から暮らしている部屋は、周平の所有する不動産のひとつだ。海が見える高層マンションだが、ラブホテル代わりに使われていた部屋とは別物だ。広いリビングの二方向は、腰の位置から天井までがガラス張りになっている。

街の向こうに見える海の色は鈍く、季節は足踏みを続けていた。冬のまま、動かない。

まるで自分の心のようだと、佐和紀は薄ぼんやり考えてみる。

でも、周平に抱かれている間はすべてを忘れていた。それ以外の時間も、周平のことだけしか考えていない。一日をパジャマで過ごし、深い愛欲の熱に浮かされる毎日だ。

久しぶりに着物に袖を通し、新鮮な気持ちで帯を締めた。

寝室の鏡に映る顔は、何も変わっていなかった。痩せてもいなければ太ってもいない。惚《ほう》けたようにも、思い詰めたようにも見えなかった。佐和紀自身にはそう思える。

なのに、地下の駐車場に来た石垣は、顔を見るなり頭を抱えてしゃがみこんだ。

「……おげんき、そうですね」

ひどい棒読みで、短い金髪を掻き乱す。

佐和紀はゴム裏の草履をパタパタと鳴らして近づき、仁王立ちで見下ろした。

「元気だよ。腰は重いし、膝は笑いそうだけど、妙に内太ももが鍛えられて、さ……」

「そうでしょうね……。どうぞ、姐さん」

気を取り直して立ち上がった石垣が運転席の後ろのドアを開けた。いつもながらに、切り替えが早い。

睨みつけながら乗り込む佐和紀を、さらりと無視した。

思うところは山ほどあるくせに、無駄口を叩かないのが石垣の美徳だ。三井とは、そこが違う。

地下駐車場を走り出た車は、すぐに幹線道路へと入っていく。後部座席の窓から見上げる冬空も、高層階から眺めるのと同じ色をしていた。うっすらと灰色で、裸木の並ぶ街も沈んで見える。

「三井はどうしてる」

「とりあえず働いてますよ。きりきりと」

「無駄に締め上げてんじゃないだろうな」

三井は若手構成員の指導係だ。岡村と組んで、飴《あめ》と鞭《むち》の役割をこなしている。

指先に引っかけた草履を落とし、黒足袋《たび》に包んだ足を運転席の肩に上げた。信号待ちで車を停めた石垣がシートの間から顔を覗かせる。

「なんだよ」

「どんな顔をして言ってるのかと思っただけです」

「あぁ？」

「正直、ちょっと心配してたんです。俺なりに」

石垣が前へと向き直る。信号が変わった。

「一週間、引きこもったぐらいで」

「相手はアニキですよ……。したいようにされて人格変わってんじゃないかと……。でも考えすぎでした」

佐和紀のこめかみがぴくりと引きつる。

「待てよ。ちょっと引っかかるな、それ」

「勘が冴えるタイプなんですね」

石垣から笑われ、佐和紀はシートの間に身を乗り出した。

「ちょっ……、運転してるん、ですけどっ！」

ジャケットを鷲掴《わしづか》みにして引き寄せる。ハンドルを握った石垣は慌ててスピードをゆるめた。

「あのなぁ、タモツ。一個だけ、言っといてやるから、よく聞いておけよ」

「その前に手を放してください」

怯えた耳元に低く唸《うな》る。

「調教されてんだよ、変わらないわけがねぇだろ」

「くっ……」

動揺を確かめ、佐和紀は何事もなかった顔で座席に戻った。

「蛇行してんぞ！　チンタラ走らせるな。みっともない！」

「誰のせいだと……っ、くっそ。こういうのはタカシの役回りだろッ」

ハンドルを平手で叩いた石垣が珍しくわめく。確かにいつもなら三井の掘る墓穴だった。

「なーにを、想像したんだろうなぁ。タモッちゃん」

三井の口調を真似《まね》ると、石垣がさらにハンドルを叩いて激昂《げっこう》した。

「ふざけないでください！　本気で心配してたって言うのに！」

「だから、本当のことを教えてやっただろ。おまえが思ってる通りだよ。あいつのやりたいことをやりたいように、朝晩させてやってるだけだ。『妻』の務めとしてな」

窓の外に目を向け、佐和紀は肩を揺らして笑いをこぼす。

「想像通りのエロいことだ。心配するな」

「あぁ、くっそ！　アニキの人の悪さがそのまんま感染してんじゃないですか！　最低だ！」

「そう言うなよ。俺はこれでも気に入ってんだから」

佐和紀の言葉に、石垣はこれでもかと長いため息を吐き出した。

「アニキよりも、姐さんの方が何倍も上手《うわて》だってつくづく実感しました。ほんと、結婚なんてするもんじゃない」

「あいつの上なんて、行けるわけがないだろ。俺みたいなのが」

「そう思ってるだけですよ。あの人が惚れるだけのことはある。って、まぁ、そういうことですね！　これは俺たち三人の、満場一致の意見ですけど！」

「周平からじゃなくても、褒められるのはいいもんだなぁ。タモツ」

「……からかって、楽しいですか」

問う声に恨みのこもるところが、石垣のかわいげだ。

「楽しくなきゃ、やらねぇよ」

「じゃあ、いいです。存分にどうぞ」

「……こわいよ、おまえ」

開き直りというよりは進んで身を投げ出している返事に、笑いながらシートを蹴りつける。タバコを取り出し、火を点けた。一本吸い終わる頃には大滝組に着く。

時間の読みは間違いなかった。貧乏臭くギリギリまで吸ったところで、屋敷の門をくぐった車が玄関前に停まる。

降りた佐和紀は、母屋の外を回って離れに向かった。自室で着替えの着物を見繕い、大判の風呂敷に包んだ。

家政婦の光代を探しに行かせていた石垣へ投げ渡すと、見た目よりも重量感のある荷物を、難なく両手で受け止める。

光代は母屋の台所だと報告を受け、佐和紀は出向いた。

窓を開け放ったダイニングは、空気も冷たくしんと静まり返っていた。のんびりとした仕草でテーブルを拭く光代の背中に声をかける。

「猫の世話をしてもらってるそうで、ご迷惑をおかけします」

振り返った老家政婦は、佐和紀を見るなり目を丸くした。あんぐりと口を開いたままで立ち尽くす。

「お茶でも淹《い》れましょうか」

じっと見つめられ、佐和紀は会話をあきらめた。そのまま台所へ入る。

石垣は別件で席をはずしているから、湯呑みはふたつだ。急須から茶を注いだところで、光代は正気を取り戻した。

「……それで、ご新造さん。お住まいは、移されるんですか」

「そう、なりそうです」

「まぁ、ご難儀なことで」

家政婦がもの言いたげに目を細める。老体に椅子を勧め、向かいに落ち着こうとした佐和紀は動きを止めた。

忙しい足音が廊下を駆けてくる。音の軽さで、飛び込んでくる人物にあたりがつく。

「佐和ちゃんッ！」

甲高い声が響き、一目散に走り込んできた京子は、その勢いのまま飛び退《すさ》った。

「誰かと、思った……」

「俺です」

「そうね」

平静を取り繕う先から動揺している姉嫁の京子は、胸を押さえて深呼吸を繰り返した。

湯呑みを両手で持った光代が、いつものさりげなさで部屋を出ていく。

「何をしてるの。あなたたち」

ぜいぜいと息をつきながら、京子は上目使いに佐和紀を睨んだ。

「……何を、と言われても」

「やること、やったわね」

「……えー、っと……、その言い方は」

どうかと思います、と言い終わる前に、京子が間合いを詰めた。

「みんなが逃げ回るわけだわ。……よくわかった」

嫌悪感をあらわにした表情がすっと冷めていく。そういう時の女の表情ほどこわいものはない。

佐和紀が後ずさると、素早く袖を掴んだ京子は、ぐいっと踏み込んでくる。

「俺が、自分で、決めたんです……」

睨まれているわけでもないのに、落ち着かない気分だ。

「一言、相談してくれればいいものを。男連中にいいようにされて……。いつまで続けるの？」

「何をですか？」

「嫁ごっこよ」

「京子姉さん。俺は元から『嫁』として来たんです」

黙った京子が瞬きを二回繰り返した。それから、

「そうだったわ」

啞然とした表情で言った。

「そうだった……。いえ、忘れてたわけじゃないの。そうじゃなくて。ごめんなさい、佐和ちゃん……あのね、じっと見ないで」

「え？」

京子の方から、ついっと視線をそらした。頰の赤みがチークにしては濃く見える。

「京子姉さん？」

「周平があんたを好きになった理由がよくわかったわ。あー、もう……ッ。似たもの夫婦ね」

「どこが……」

「自分で考えなさい。……まぁ、いいわ。思ったより平気そうでよかった」

「別に、命まで取られるわけじゃないですよ」

「と思ってるから、笑っちゃうのよ。あぁ、こっちは見ないで」

「俺、変な顔してます？」

「見慣れない表情《かお》なのよ。おかしくはないわ」

京子の不思議な反応に、佐和紀は自分の頰をつるりと撫でた。

そこへまた、足音が近づいてくる。

「佐和紀、来てるのか」

ノンキな口調とともに現れたのは、大滝組長だ。京子に気づいて片眉を跳ね上げたが、視線はすぐに佐和紀へと向いた。

黙って頭を下げると、セーター姿の大滝は長い息を吐き出した。

「松浦がまた発狂しそうだな」

「おもしろがらないで」

京子が、ぴしゃりと言う。

「頼まれた通りにしただけだ。何が悪い」

大滝が娘を見据え、娘も父親を睨んだ。

「悪いなんて言ってないわ。のこのこ出てきてくれて、本当に助かった。一番、腹を割って話せるもの。……お父さん。お部屋に行って、ちょっとお話ししましょう」

「いや、これから仕事で」

「お父さん……」

じわりと低くなる声に、大滝の表情が苦々しく歪む。詳しい事情を聞かれたくなくて逃げ回っていたのだろう。

「お父さん、逃げないでよ」

実の娘の強みで、京子は父親の腕へ取りついた。

「亭主に聞いたらどうだ」

ぼやく腕をぐいぐい引っ張られ、大滝は扉の桟に指をかける。

「たまには、将棋の相手をしに帰ってこい」

抵抗むなしく引っ張られ、最後の方は廊下から聞こえた。

一人きりになった佐和紀は、そのままきびすを返す。勝手口に近づいて、迷わずにドアを開いた。

「何をしてんだよ」

岡崎に声を投げつける。京子が現れるのとほぼ同時に現れたのを、佐和紀だけが気づいていた。

「自分の嫁と舅《しゅうと》だろ……。隠れるなよ。みっともないな」

岡崎に袖を引かれ、サンダルをつっかけて外へ出る。北風が吹く日陰は寒い。

「おまえらって、本当に不思議だな」

しみじみと眺められ、自分の身体に腕をまわした佐和紀は鼻で笑った。どんなふうに変えられたのかを確認しにきた物見高さは、舅の大滝と同じだ。

「この一週間、何してたんだ」

「おまえのせいだ」

睨みつけて言い放つ。岡崎は大滝組大幹部の若頭だ。本当なら佐和紀程度の小者《チンピラ》が、視線を合わせられる相手じゃない。それでもいまさら遠慮はしなかった。

「バカを言うなよ」

笑った岡崎の手の甲が、佐和紀の頬を撫でる。

「どうして『女』になる方を選んだんだ。組を再興させて戻ることが本来の目的だろう」

「……そういう顔をするのは、違うんじゃない？　昔も今も、あんたのものだったことなんてないんだから」

周平に抱かれるだけの道を選んだことについて、責められる謂《いわ》れはない。

「組長の気持ちを考えないのか、おまえは」

「……弘一《こうい》っさん」

ともにこおろぎ組構成員だった頃、酔うたびにそう呼んだ。

過剰な反応で肩を揺らした岡崎の、眉間に刻まれたシワが、さらに深くなる。

「何をしてたかって、聞いたよね」

周平と佐和紀がすることはひとつしかない。それをわざわざ確かめるのは、恥ずかしさで憤る佐和紀の姿が、岡崎にとっての娯楽だからだ。

自分の身体を抱いたまま、佐和紀は一歩前へ出た。今日は引かない。

「舐めてしゃぶって、チンポ突っ込まれてるだけだ。セックスなんてそんなもんだろう。

他に何かあるか？」

「……周平のやつ……」

岡崎が眉をひそめる。

「なんでもかんでも、旦那のせいにされるの、困るんだけど。ヤられたくて足開いてんだよ。俺も男だし、性欲ぐらい、ある」

「おまえのそれは、単なる肌さびしさだ」

「なんとでも言えよ。セックスに変わりない」

周平とだけ共有する深い感覚が、身の内に甦る。愛欲が渦を巻き、しどけないまなざしになっていると自覚した。

「ひとつ、聞いてもいい？」

佐和紀の言葉に、岡崎は目を剝《む》く。

「人にものを聞く態度か、それが。俺に何か聞きたいなら、『好き』ぐらい言えよ」

イラついた声に、佐和紀はついっと目を細める。

今回のことは、よほど岡崎の思惑をはずれたのだろう。方向修正しようにも周平は思い通りにいかず、次の一手を考えあぐねている、と佐和紀は思った。

「ふぅん……」

気のない声を返しながらスーツの肩に手を伸ばす。周平よりも背が低い。でも、スーツ生地は同じぐらいに高級だ。

カッチリとした縫製を指先でなぞり、ついてもいない埃《ほこり》を払うふりで近づく。

「好き。……弘一さん、好き」

せいぜい優しげに囁いてやると、岡崎のしかめっ面はあっけなく崩壊した。

「言ったよ。……じゃあ、答えて。あんたは、誰がこおろぎ組を追い込んだか、知ってたんだろ？」

「そんな昔の話か」

「知ってて、京子さんと結婚したんだ」

「惚れたからだよ。俺はおまえと違って、まともに女を抱ける」

「そんなことはどうでもいいんだよ。結婚すれば、組への締め上げをゆるめることぐらいできただろ。……また都合のいい嘘を考えてるんだろうな、おっさん」

「あぁ？」

岡崎がガラの悪い舌打ちをした。

「そんなこと、俺が知るか。まんまと、セックス漬けにされやがって。もう少し骨があると思ってたけどなぁ」

「あてがったのはあんただろ。開発された俺に乗っかるつもりでいたくせに、何を怒ってんの？」

「そうだよ。そうだ……。あの最低の色事師に泣かされて、ボロ雑巾《ぞうきん》みたいに捨てられたら、拾ってやるつもりだったんだよ。……そもそも、どうして本郷の誘いに乗ったんだ。あんな取引なんて始めなければ、組はもっと早く傾いたし、こんな結婚話を持っていくこともなかったんだ」

「はぁ？」

「おまえと周平の足を引っ張ってんのは、俺じゃない。本郷だ。周平の悪口をオヤジに吹き込んで、おまえが大滝組を手伝えば酷いことになるとでも言ったんだろう。オヤジの焦り方が異常だったとしても、それはおまえがかわいいからだ。大事に思ってのことだ」

「だからなんだよ」

勝手口のそばに咲いた臘梅《ろうばい》の匂いが、剣呑《けんのん》な雰囲気には不似合いな甘さで漂う。

悪態をついた佐和紀と視線を合わせ、岡崎は真面目な顔になる。

「佐和紀。俺はおまえと周平を別れさせようなんて思ってない。今は無理だとわかってる。でも、このやり方は違うだろう」

「違わない。俺が頑張ったって、どうせ立派なヤクザになるのがせいぜいだ。それなら、周平を支えてやる方がいい」

「いつまで、その美貌《びぼう》が保てると思う」

「周平が俺に飽きたら、それまでだ。その時は潔く、てめぇで決着をつけてやる」

「おまえなっ……」

岡崎が飛びつくように両肩を摑んでくる。そのまま、激しく前後に揺さぶられた。

「そういうことを軽々しく言うな。わかってるくせに、あいつもあいつだッ！　周平がどんな甘い言葉を口にするか、俺は知ってる。それに」

ぐっと口を閉ざした岡崎の指に力がこもる。

「俺が同じことを言っても、おまえがなびかないのも知ってる」

「周平は何も言わない。わかってないよ、あんた。あいつは、帰れって言ったんだから。なぁ……。あんたから見て、俺はあいつの『何か』になれると思う？」

「聞くな。知ってたって答えねぇよ」

ぎろりと睨まれ、静かな視線を返す。

「嫌いじゃないよ。あんたのこと」

こんなにまっすぐに怒ってくれるのは、岡崎ともう一人。あの松浦だけだ。兄と慕い、親同然と決めた二人だった。

「嘘でも、好きって言えよ。本郷と同じ扱いをするな。……佐和紀、オヤジはな、おまえが親のように思っていたのと同じぐらい……」

「知らない」

短い言葉で、岡崎を遮る。

「それがわかるぐらい人間デキてれば、こんなところで男の嫁にはなってない」

「意地になるなよ」

「そんなの、無理だ。やり方が汚い。大滝組長まで使って！」

「それだけ、おまえをかわいいと思ってるんだ。二人の確執を知ってるなら、わかるだろう。おまえのために頭を下げたんだぞ！」

「そんなの知らないって、言ってんだろ！　知らねぇよ。勝手なことばっか言って。……あの人、本気で俺をカタギにしようと思ってるよな？　無理だって、俺にはそんな生き方できないって、説明してやってくれよ！」

「……してないと、思うのか」

岡崎が肩を落とす。松浦の頑固は筋金入りだ。それは佐和紀も知っている。

「やっぱり、考えてたんだな。カタギにしようって」

足りない頭を使いすぎて、こめかみがジンジンと痛んだ。

でも、やっと摑んだ糸口を手放したくなくて、佐和紀は必死で現状を理解しようとした。

自分にしては我慢強いと思い、そう変わったんだと自覚する。

佐和紀は黙って岡崎を見上げた。風が吹き抜けて、木立が乾いた音を響かせる。

台所の中から佐和紀を探している石垣の声が聞こえ、背後のドアを開いて顔を出した。

「タモツ。車を回してくれ」

鋭く声を放って命じると、小気味のいい返事がある。佐和紀はドアを握ったまま振り返った。

「自分の生き方を後悔したことは一度もない。俺さぁ、周平に抱かれてると、誰にも愛されてこなくてよかったって、そんなことを思う時がある。……誰かを好きになって、そう思えるのって普通？」

何かをこらえるように、岡崎の顔が大きく歪んだ。

「普通じゃない……。それは異常っていうんだ」

「あっそ……。なぁ。オヤジは、どうしてカタギにこだわってるんだ。俺の気持ちを無視してあんたに押しつけようとしたり、周平から引き剝がそうとしたり。足抜けしてまともになれると思うか？　この俺が」

親もなければ、学もない。腕っぷしが強いばっかりに、短気にも拍車がかかる。正業に就こうにも顔が邪魔をして、仕事仲間を翻弄するだけだ。いろんなことを試してきた。その結果、流れ流れて、ここにいるのだ。

「俺の愛人にさせてでも、おまえをこの道から離れさせたいんだ。あの人は、できると思ってる」

「ここに、俺の居場所を作ったのは、あの人だ」

ホステス暮らしから引き上げ、男にしてやると言った。その言葉を信じたから、どんな苦労も跳ねのけてきたのだ。

「そうだな。その通りだ。だからこそ、おまえをカタギにしてやれると思うんだ」

真剣な目をした岡崎の表情が、ふっとほどける。

「周平は、帰れって言ったんだな」

「言ったよ。戸籍も直してやるって言った。だから、オヤジんとこに戻って、俺のしようとしていたことの続きをやれって」

「……どうして断ったんだ。それが一番、正しいんじゃないのか」

「正しいかどうかなんて、どうでもいいんだよ」

着物の襟をいじりながら、佐和紀は視線をそらした。目頭が熱くなる。

「周平をさ……」

言いかけて言葉を飲んだ。

うつむいて、頭をぶるぶると振る。続きを口にできない。

「佐和紀。ひとつだけわかっておけ」

岡崎の言葉を、佐和紀は地面を見つめながら聞いた。

「……理解できなくてもいい。その単細胞の頭に入れておけ。……自分の子供をな、ヤクザにしたい親なんていないんだよ」

何も言い返せなかった。言葉は重く胸に沈み込む。

「それなら、周平を認めてくれていいだろ。あいつを選んだ俺を信じてくれてもいいだろ」

怒りと悲しみがごちゃ混ぜになり、胸が押しつぶされそうに痛んだ。叫び出したいのをこらえ、佐和紀は拳を握りしめる。

あきらめようとしても、あきらめきれない。

松浦に対しては、周平に対する愛情とはまったく別の想いがある。

怒らせていると不安で、会えないとさびしい。褒められなくてもいいから、存在を認めて欲しいと、周平を選んだ今でも考え続けている。

「オヤジのところへ行くつもりか、佐和紀。またケンカになるぞ」

優しい声を出す岡崎は、佐和紀の性分をよく知っている。そして、松浦の性格も熟知しているのだ。

「このまま、ひっこめる性格じゃねぇんだよ」

結果がわかりきっていても、飛び込んでいくしかない。

バカだから、根回しなんてできなくて、繰り返せば、いつかこの声が届くと期待してしまう。

「……だろうな。俺も一緒に行くぞ」

「旦那面すんなよ。……好きにしろ」

心配している岡崎にくるりと背中を向け、勝手口から中へ戻る。玄関から出ると、車はすでに用意されていた。

外から回ってきた岡崎も待ち構えている。佐和紀は着物の襟を正しながら、後部座席のドアを開ける石垣に行き先を告げた。


「佐和紀！　このバカたれが！　話になるかッ！」

事務所の社長室に入って、三分も経っていなかった。

こめかみに青筋を立てた松浦が、帰れと叫びながら立ち上がる。予想通りの展開だった。

「話を聞いてくれって、言ってるだけだろ。誰から何を聞いたか知らないけど、周平はオヤジが思っているような人間じゃ……」

「いまさら話すことはない。謝るつもりがないなら、組の敷居をまたぐな！　大バカ者が」

頭を下げにきたと思っている松浦と、真実を理解してもらおうとする佐和紀は対峙《たいじ》する。

「少しぐらい、聞く耳を持ったっていいだろう！」

「うるさいッ」

佐和紀を怒鳴りつけ、松浦が岡崎を振り返る。

「弘一、おまえもおまえだぞ。なんのためにそこに座ってるんだ。舎弟の肩を持つためか。だいたい、おまえがついていながら、佐和紀に道を誤らせるとはどういうことだ」

「間違ってなんかない！　岡崎は関係ないだろ！　俺は、戻れない理由を説明に来たんだ。それだけだろ！」

　唯一の傍観者である岡崎は、ソファーで頭を抱えた。

「二人とも、少しは落ち着いて」

　しかたなく仲裁に入ろうとして、

「おまえが、さっさとモノにしないからだッ！」

　松浦の怒声に叱責される。

「それがおかしいって言ってんだろ！　身体だけは売るなって言っておきながら、こいつには俺を手籠《てご》めにしろって！　そんな道理があるのかよ！」

　佐和紀も声を張りあげた。

「そもそも、オヤジ。あんた、組をつぶすつもりだっただろ！」

「それがどうした！」

「どうした、って。俺がどれだけ必死で……ッ！」

「そういうところだ！　必死になると、何も見えなくなるところが、恐ろしいんだ」

「だからなんだって言うんだよ！　俺だって、傷つく時は傷つくんだってわかってんだろ！　その、あんたが！」

　佐和紀は、たまらずに床を踏み鳴らした。

「おまえがそんなタマか！」

　腹の底から声を響かせ、松浦が部屋中を歩き回る。

「おまえは、目的さえあればなんでもする男だ。だからダメなんだ！　岩下のような男に都合よくあしらわれて、何をされても平気だと思うだろう！」

「俺の人生だ。何が幸せかは、俺が決める！」

「あんな男と幸せになれるはずがない！　今も、そうだろう！　自分から好んで、やりたい放題にいじくられやがって。骨の髄までしゃぶられたいのか！」

「なんで、わからないんだよっ！　惚れてんだよ。あいつが俺の人生だ、って……」

　言葉を切り、とっさに左肩を引く。

　佐和紀の顔の間近で風を切る音がした。直後、壁がゴンッと鳴る。重い音が床で響いた。

「組長！」

　叫んだ岡崎が、飛び上がった。

「誰か！　誰か、来いっ！　早く！」

　ドアに向かって怒鳴る。

　その声よりも早く、佐和紀はローテーブルとソファーの上を飛んだ。着物の裾がひらりと舞う。

「殺すつもりか！」

吠えながら松浦の襟を絞め上げた。

デスクに置かれた大理石の灰皿を、松浦は容赦なく投げたのだ。

二人を引き剝がそうと、岡崎の手が伸びてくる。

佐和紀が片手で振り払うと、隙を突いた松浦から勢いよく頭突きをかまされた。怯《ひる》んだ頬を思いきり殴られ、そのまま取っ組み合いになる。

「この色狂いが！」

罵られて、頭の線がもう一本切れかけた。

「佐和紀、やめろ！」

岡崎が体当たりしてきたが、受け流して体勢を整える。

「自分からあんな男の『女』になりやがって！　帰ってこいと親の俺が言うんだ！　てめぇは素直に聞いてればいいッ！　親に逆らうなんて、百年早い！」

「組長！　もうやめてください」

佐和紀を抑えきれない岡崎が、松浦を羽交い締めにした。そこへどかどかと構成員たちが飛び込んでくる。

「佐和紀を押さえろ」

岡崎が叫ぶ。

「くっそぉぉぉぉっ！」

こらえた鬱憤《うっぷん》が募り、押さえられた佐和紀は耐えられず、吠えた。松浦を病院送りするぐらい、たやすいことだ。なのに、頭の線が何本切れても、本気が出ない。

心のストッパーがかかり、思うように拳を振るえなかった。

松浦は親だ。肉親を失った佐和紀の、心の拠《よ》り所だ。

それは周平を愛してもなお、変わりがない。だからこそ、身を切るほどにせつなく、焦れったく、辛い。

「くっそ、離せよ。殴ってやる。……親だろうが、殴ってやる！」

若手の構成員に佐和紀を押さえさせた古株の構成員たちは、じりじりと逃げ道を確保する。最後の一線を越えれば、あたりかまわず暴れることを知っているからだ。

佐和紀が今まで誰からも手を出されなかったのは、その凄《すさ》まじさが理由だった。強姦したぐらいで手懐けられる程度の狂犬なら、野放しになんてされていない。

「じゃあ！　何かよ！　俺があの時、そこにいる裏切り者にケツを掘られてたら！　俺があんたとの暮らしを、あんな思いまでして、続ける必要なんてなかったって、そういうことだな！」

松浦の表情が顔が歪む。

「……そうだ。……そうだ、佐和紀」

シワだらけの顔がくしゃくしゃになり、眉が力なく下がる。

「どうして、弘一のものにならなかったんだ……。岩下なんかに身体を汚させずに、弘一と幸せになる道がおまえにはあっただろ……ッ」

頭にのぼった血が、音を立てて下がっていく。

佐和紀は奥歯を噛みしめた。膝が笑いそうになって、松浦を睨む。

岩下なんか、と言われたくない。汚されたものなんて何もないのが、どうしてわからないのか。松浦のためでなければ、自分を犯した男を生かしておくわけがない。

佐和紀は呻きを漏らし、口を開いた。

「そうしてれば……、岡崎だって、大滝組へ身を売らなくても、済んだんだろうな」

佐和紀の言葉に、岡崎が天を仰ぐ。

「どうして俺の幸せをあんたが決めるんだ」

松浦と睨み合いながら、佐和紀は混沌《こんとん》とした胸中を持て余して聞く。

視線をそらさない松浦は、苛立ちを抱えた声で答えた。

「親だからだ。おまえより長く生きていて、おまえを誰よりも心配しているからだ。……しなくていい苦労をするな」

「そういうんじゃないだろ」

眼鏡がはずれていることに、佐和紀はその時気づいた。松浦の表情がちゃんと見えない。

「苦労したって、そんなの、俺は」

見えないからこそ、松浦の苦悩が、声から読めてしまう。

知りたくないのに伝わってくる。

『しなくていい苦労』は、今までのことだ。金策に走り、貧乏に身を浸し、取引という名で媚を売った。

さらに苦労を重ねさせたくないと願う松浦の気持ちに、佐和紀の視界が揺らぐ。

一年前の披露宴の夜。佐和紀は自分の人生を捨てたのだ。

松浦のために生きる季節が終わったと思った時、佐和紀は死にゆく自分を想像した。誰かが助けに来てくれるとも期待しなかったし、岡崎を憎む気持ちは決意の後押しにさえなった。

死ぬ気で挑めば、松浦の残された人生を支えるために、心の奥を蹂躙《じゅうりん》されてもかまわないと本気で考えていたのだ。

あの自分の覚悟を、すべてが好転した後で否定されたくない。

こらえきれない涙が頬を流れたが、拳を拘束されていて拭えない。流れるに任せ、佐和紀は喘ぐように息をした。

周平を理解して欲しいとか、自分たちの仲を認めて欲しいとか、そんなことはもうどうでもよかった。

佐和紀はただ、自分が心から求めるものが現れたことを、松浦に知って欲しい。そしてそれが、松浦への献身と、あの夜の覚悟の上に存在していることを伝えたいだけだ。

それだけなのに、言葉は何も声にならなかった。胸の内で叫べば叫ぶほど失われていく。

「佐和紀さん」

人波を掻き分けて出てきた石垣が、ハンカチで佐和紀の頰を拭った。

「すみません、ご迷惑をおかけしました」

佐和紀を拘束する若手に頭を下げ、腕を解かせる。

「帰りましょう」

静かに言われて、自分の腕でもう一度目元を拭った。

部屋はしんと静まり返っている。

岡崎に頭を下げた石垣は、周囲を取り巻く古参の構成員たちにも頭を下げて回り、飛んでいった眼鏡を受け取って、佐和紀の背中に手を添えた。

会話もなく、二人で事務所を出て、車に乗り込んだ。

走り出した車は、角をふたつ曲がってから停まった。

「タモツ。おまえが泣くこと、ないだろ。こうなるってわかってて、ケジメをつけに来ただけだ」

眼鏡レンズを、長襦袢《ながじゅばん》で拭いてかけ直す。震える指先でタバコに火を点けた。

怒鳴り合えばわかり合えると思ったわけじゃない。こうなることは予想していた。それでも、どこかで期待していたのだ。

自分の気持ちを、松浦は無条件に認めると。

その絆《きずな》が、松浦との間にはあると。

ハンドルに顔を伏せた石垣は、カーステレオに手を伸ばす。明るい曲がかかり、二人の間に流れる空気とは正反対の歌を、石垣はそのままにした。

佐和紀は何も言わず、味気ないタバコを吸い続ける。

周平を選んだことに後悔はない。なのにどうして胸は痛むのだろう。

「こんなに幸せなのにな」

色狂いと罵ってきた松浦の声を思い出し、佐和紀はくちびるの端を歪めた。その通りすぎて、こわいぐらいだ。

周平がしつこくいじって開発した乳首が、歯を立てられる痛みの甘さを求めて疼く。

男に戻れと言われたことを岡崎に話した時、正しい道があるとしても、そんなことは関係ないと、佐和紀は言った。あの後、本当はこう続けるつもりだった。

『周平のことを、一人にしたくない』

あの男の胸には、誰にも見えない穴が開いている。

それが佐和紀にはわかる。

身体を重ねれば重ねるほど、見えるようになってきた。だから、離れたくない。離れられるはずがない。

なのに松浦は、周平に恋することを認めても、愛することは認められないと言うのだ。

恋と愛の違いを、親子ほど年の離れた男は知っているのだろう。失った時の傷の大きさも、癒せないことがあることも。

タバコを挟んだ指が震え、涙が込みあげる。

自分は、松浦の心配を理解している。理由も原因もだ。そして、その裏にある深い愛情にも気づいている。

でも、思い出すのは周平の指先と、肌を辿る息づかい。身体の奥を穿つ、昂ぶった熱のことばかりだ。

迷惑をかけ通しの子分だったことは、心の底から申し訳なく思う。自分なりに頑張ってきたし、成長もしてきたつもりだ。いつまでも一緒にいて、いつまでも役に立っていたかった。

長屋で暮らしていた頃、酔った松浦から、おまえが死んだら俺の墓に入れと言われたことがある。死んだ後のことまで心配するなと佐和紀は笑って返した。

おもしろくなさそうな顔をした松浦は、やっぱり心配していたのだ。今も、変わらない。自分だけが変わったのだ。そして、周平に対する愛情は、佐和紀だけのもので、他の誰とも分かち合えない。

あの男を、自分なんかが支えていけるのかと、そんな不安を感じても、励ましを求めるわけにはいかない。

震える手でタバコを口元へ運ぶ。

おまえならできると、この期に及んでもまだ、松浦から言って欲しいと思う。

だけど、人を愛することは、誰かに認められて成立する想いじゃないだろう。孤独に、ただ、どこまでも孤独に、想い続けるだけだ。

両想いでも、夫婦でも、何十回とセックスしても。

自分じゃない誰かを愛することはままならない。どんなに受け入れても、周平の性欲が満たされることがないように、愛情を受ける器は穴が開いていて、注ぐ先からこぼれ落ちていく。

それでも、あの男の心にある器へ愛情を注ぎ入れるのは、自分だけでありたい。

周平を一人にしないことで、自分も一人でないと安心したいのだ。この先の未来が、どうであっても……。

石垣が落ち着く頃合いを見計らって、佐和紀から声をかける。
車は静かに走り出し、周平のマンションへと帰路を辿った。

5

店内の空気がセピア色に染まりそうな、古めかしい喫茶店の片隅で周平はタバコをふかした。

目の前でナポリタンを食べる舎弟は、出会った頃から変わらず、犬コロの愛嬌《あいきょう》を醸している。長い髪をひとつに束ねた三井から視線をはずし、窓の外を見た。

道路を挟んだ向かいの店は、若者で大繁盛している。

周平も利用するが、だいたいは郊外のドライブスルー店舗だ。明るく洒落《しゃれ》た店内は、いかついヤクザを連れていける雰囲気じゃない。何よりも、禁煙なのがネックだ。

「アニキ、聞きました？　姐《あね》さん、また松浦さんと揉《も》めたらしいですね」

ナポリタンを完食した三井は、紙ナフキンで口を拭《ぬぐ》う。

「タモツから報告は受けてる」

周平が答えると、カウンターに向かって手を挙げた。食後のコーヒーを注文して振り返る。

「若頭《カシラ》が一緒だったのに、ダメだったってのは、なんか意外ッスね」

「謝りに行ったわけじゃないんだろう」

「そうなんですか……。じゃあ、何をしに行ったんですか、ね？」

喫煙の承諾を求める三井は、さりげなさを装って周平と佐和紀の問題を探っていた。

「さぁ、佐和紀の考えることだからな。俺にわかるわけがないだろ」

周平の冷たい視線を受け、肩をすくめた三井がタバコを口に挟む。

佐和紀の世話係に据えている三人は、周平の舎弟の中でも古株だ。手足のごとくこき使ってはいるが、こうして昼食をおごったり、飲みに連れていくことも珍しくなかった。

金や恐怖で縛る関係はビジネスライクでやりやすいが、そればかりでは立ちいかない。

義理と人情が、金の繋《つな》がりより有力なこともある。

「姐さんって、自分のおやっさんのことがすげぇ好きなのに、謝らないなんて変ですよね。謝れば済むことじゃないスか」

「帰ってこいって言われて、嫌だって答えただけのことだ。謝れば帰ることになる」

「アニキ、何をしたんですか」

「俺じゃないよ」

「マジっすか」

煙を吐き出し、運ばれてきたコーヒーに口をつける。

いつもはガチャガチャと落ち着きがないくせに、こういう時はズバリと切り込んでくる男だ。

「じゃあ、姐さんだなぁ」

独り言をつぶやいたくちびるがぎゅっととがった。

舎弟の子供っぽい仕草を笑い、周平はタバコを揉み消す。

「何が言いたいんだ。……言えよ」

コーヒーカップを持ち上げ、三井を睨《にら》んだ。

沈黙が二人の間に流れ、店内を流れる歌謡曲が大きく聞こえる。三井はくるくると表情を変え、挙句に深いため息をついた。

「あんなに大事にしてた相手と縁を切るなんて、簡単なことじゃないでしょう。あの性格だから、なおさら。気持ちがわからないわけじゃないけど、ハマりすぎっていうか、見えてないっていうか」

「おまえ、それを俺に言ってどうするんだ」

「だって、姐さんには言えませんもん」

「なんだよ、それ」

周平は失笑した。新しいタバコを口にくわえ、三井のライターを断って自分で火を点《つ》ける。

不思議だった。こんなことになると、普段は口うるさい連中が口を閉ざし、一番浮ついているはずの男が真面目《まじめ》なことを言い出す。

「アニキ。棚ボタ、って思ってんでしょ？」

「はん？」

「あんなに我慢してるアニキ、見たことなかったし。どうなるのかと思ったら、こんな……」

「こんな？　俺が手を回したわけじゃないぞ」

「わかってますよ！　それはわかってます」

「俺は、帰れって言ったんだよ」

タバコをふかして言うと、三井が啞然《あぜん》とした表情で動きを止めた。

「言ったんだよ。男として生きればいいって。別に籍が入ってなくても」

「い、言ったんですか！」

三井が椅子《いす》の上から滑り落ちかける。のけぞった体勢を慌てて戻し、今度は身を乗り出す。

「そ、そんなこと、あいつに！」

「順当だろう。俺と一緒にいても仕事はできないし、一緒に暮らすだけなら」

「えー。ちょっと！　待ってください！」

三井があたふたとタバコを消した。

「いやいやいや。めっちゃ、傷ついてますよ！　そんなの！　いや、あいつはバカだから、自分でも気づいてないかもだけど。でも、……アニキィ……」

テーブルに両手をついた三井は、そのまま力が抜けたように突っ伏した。

「こうなると、わかってただろ？」

問いかける周平は嘲笑《ちょうしょう》する。

三井がぐいっと頭をあげた。苦い表情に、迷いが滲《にじ》む。周平を睨むべきか、それとも笑い飛ばすべきか、考えあぐねているのだ。

「どこまで予想して……、いや、いいッス。俺が聞くようなことじゃねぇし。あー、もうっ！」

がしがしっと頭を掻《か》きむしり、乱れた髪をほどく。

「佐和、じゃなくて。姐さん、元気なんスか」

「簡単に壊れるようなタマじゃねぇよ」

飄々《ひょうひょう》とした返事に、三井の目が据わる。

「俺、あいつを相手には、そういうことしないと思ってました」

「かいかぶるなよ、タカシ。俺はこういう男だ。真実の愛に目覚めたからって、王子に戻る野獣ばっかりじゃないだろ」

「美女と野獣、ですか。でも、あっちの『野獣』は、真実のナンチャラのせいで、すっかり王子様に戻っちゃってる気がするんですけど」

佐和紀のことだろう。狂犬とまで言われた男が、今はしおらしく、嫁として囲われている。

三井は不機嫌な顔でそっぽを向いた。出会った頃の幼稚さを思い出し、周平はテーブル越しに顔を覗《のぞ》き込んだ。

暴走族上がりで、鬱憤《うっぷん》だらけで、自意識過剰なだけの無力な少年だった。大人に変えたのは周平だ。ヘドロのような世間の汚さを教え込み、生きていく術《すべ》を学ばせた。

「アニキは、今の状態で満足なんですか」

うつむいた三井が、テーブルの端を指先でなぞる。

「なんのために女を整理して」

「欲求不満を耐え忍んだのか……だろ？　こうなるなら、適当にヌいた方がよかったか」

「アニキなら、もっとうまく、あいつの立場を守ってやれたはずだし。納得、いかねぇ」

「子供だな、おまえは」

「どうせ、俺はタモッちゃんと違いますから」

「あいつは文句をつけてこないもんなぁ。シンも、か。佐和紀にとっては、どっちがいいんだろうな」

「ほどほどがいいに決まってるじゃないですか！」

「もう遅いだろ。手遅れだ。なぁ、タカシ。おまえの気持ちもわかるけどな。無理なんだよ。佐和紀は俺の一部だ。欲求不満が募ったからじゃない。待ってただけだ。ずっと」

手を組んで、テーブルの上に置く。

「佐和紀の気持ちが整うのを、待ってた」

「……この、まま……なんですか」

「うん？」

「アニキが飽きるまで、あいつは……ッ」

三井がブルブルと震えた。握った拳《こぶし》がテーブルの下に隠れている。

「言葉に気をつけろよ」

「アニキ……ッ」

ぎゅっと眉根《まゆね》を引き絞り、三井が口を閉ざす。言葉を選ぶ余裕なんてないのだろう。

それぐらいに過酷な泥沼を、三井は知っているからだ。

「相手は佐和紀だ。俺の思い通りになんか、なるわけがないだろ。おまえもな、そこまで心配するなら、ちょっとは信用してやれよ」

「……だって、相手が、あんたじゃないですか……」

「泣くな」

「泣いてません！」

怒鳴り返す三井の目の周りは、明らかに赤い。

「シンもタカシも、俺を信用してるのになぁ。……おまえは」

「俺だって、信用してますッ！　忠誠、誓ってますって！」

「でも、疑ってんだろ？　なんだよ、実はおまえが一番、佐和紀に惚《ほ》れてんじゃないのか」

「は、はぁぁぁっっ？　や、やめてくださいよ！　冗談じゃねぇし！」

ガタガタっと椅子を鳴らして立ち上がったかと思うと、しどろもどろになりながら手を挙げる。

「す、すいませ～ん。みず、水くださぁ～い！」

「タカシ」

「ななな、なんで、そうなるんスか。ないッス！　俺はただ、ただ、イヤなだけで」

「俺があいつを、ひっくり返したり、開いたりして、あれこれするのが、か？」

「ぎゃーっ！」

耳を押さえて叫ぶなり、テーブルに突っ伏した。額がぶつかって、ゴンッと音がする。

「妙な想像するから、顔を合わせにくくなるんだよ。おまえのせいだ。俺に責任転嫁するな」

「……だぁっ、て……、えげつないぐらいにエロいこと、俺に教えたの、アニキじゃないッスか。それを……あぁっ！」

「やめろ。俺がおまえを、いつ抱いたんだ」

女を抱くところを見せたことは何度もある。でも、実地で教えたことは一度もない。当たり前だ。

「佐和紀にはヤッてんでしょ。あいっつが、あの顔で……」

「おまえ。それ以上の妄想を続けたら、『仕置き部屋』に入れるぞ。性欲が消滅するぐらい調教されてくるか？」

「あ。無理ッス」

ホールドアップの仕草で両手を上げた。

周平が運営する秘密デートクラブに存在する『仕込み担当』の中でも、もっとも恐れられているのが、生粋のサドで性格破綻《はたん》者の『仕置き部屋』だ。

「あいつにいじられるぐらいなら、アニキに掘られる方がいい」

「俺の方が何十倍も善人だよ。比べるな」

鼻で笑ってあしらい、タバコを取り出した。テーブル越しに身を乗り出してくる三井のライターで火をもらう。

「松浦さんのことは、佐和紀の問題だからな。あいつが対処するしかない。俺が出ていって、金と権力で押し切れる段階は過ぎたんだ」

「話し合いに言って、ケンカして帰ってきてますけど……。収まるものも収まらないんじゃないんですか」

三井が、周平をじっとりと見つめる。

「アニキが善人だったことなんて、ないですよね？」

ずばりと切りこまれ、視線をそらした。笑いが込みあげてきて、肩が揺れる。

「唯一、はっきりしてることがある」

まだ長いタバコを、揉み消した。

「佐和紀は、俺のものだ」

善人でなかろうが、悪人だろうが、関係のないことだ。

三井が黙って瞬《まばた》きを繰り返す。長い髪を搔き上げ、またひとつに結び直した。

「結局のトコ、姐さんの争奪戦ってことですか。それにしちゃあ、あっちも、やり方が汚いなぁ」

佐和紀がかわいそうだと言わんばかりにため息をつく。

「佐和紀が色気づいて、なりふりかまっていられなくなったんだろう。松浦さんも、年齢のわりに枯れてないってことだ」

「さっさと手を出してればよかったのに。姐さんの周りの男って、なんですかね。みんな、紳士っていう」

「死にたくないだろ」

「え？　あぁ、そうッスね」

三井が深く相槌《あいづち》を打つ。

「確実にタマつぶされて、死にますからね。……え。いますよ？」

周平の視線に気づき、軽い口調で答える。

「あの外見ですから。まー、本人、ガードきついんで、手でも摑《つか》もうもんなら、即座に殴られたみたいですけど」

「友達《ツレ》がいないわけだな」

「長屋のガキどもぐらいッスね」

三井の言葉に、長屋の住人たちと話す佐和紀の顔を思い出す。

リラックスしていたのは、真実、安らげる環境だったからだろう。

その表情を、今は世話係たちに見せている。そして、周平にも。そんなささやかなかわいげがたまらず、周平の欲望は深くなるばかりだ。独占欲の底も見えない。

「時間が解決するってのが、やっぱり一番正しいんだなぁ」

三井の声に、周平は視線を戻す。

「誰《だれ》が言ったんだ」

「シンさんです。黙って見てろ、って。まー、俺は無理でしたけど。やっぱ、大人なんだよなぁ。……そろそろ行きますか」

三井が立ち上がり、周平の離席を待つ。

時間を置くだけで済むなら、それほど楽な話はない。

もしも佐和紀がごく普通のチンピラなら、誰のものになろうが、ここまでこじれることはなかったのだ。

「おまえが心配してたって、佐和紀に伝えておくよ」

「やめてください。お互いに気持ち悪くなるんで」

しかめっ面になった三井が頭を下げた。

「余計なこと言って、申し訳ありませんでした」

「気にするな。夢中なのは本当だ。シンが理性的になるしかないぐらいには、な」

立ち上がって、スーツのボタンを留める。

その瞬間に、佐和紀の肌を思い出す。しっとりと濡《ぬ》れて絡みついてくる指のせつなげな震えが周平の胸を締めつけた。

四六時中、考えていることだ。

初めての女とセックスに狂った時よりも強い依存を自覚しながら、周平はそれを快く受け入れた。

佐和紀は今、鳥かごの中だ。周平が求めれば歌い、どこへ逃げようともしない。だから、安心していられる。

後は勝手に暴れ回るだろう外野を制していくだけだ。

「今日はもう帰るか」

「へ？　いや、ダメですって！　仕事はしてくださいよ。嫁にハマってオワコンとか噂《うわさ》されるのイヤですから！」

「俺の勝手だろ」

「やーめーてーくださーい！　勝手を言えるような下っ端じゃないんですから……」

三井はあからさまに表情を歪《ゆが》める。

「ホント、遊びまくってた人間《ひと》が、本命作るとこわい……」

ため息混じりにつぶやき、伝票を手にした。

＊＊＊

「シン。周平は何時に帰ってくる」

「確認します」

マンションの窓ガラスの向こうで光が点滅する。海が闇《やみ》に沈み、沖合に浮かんだ船の灯《あか》りは空に浮いているように見えた。

「もうカーテンを閉めてくれ」

その場を離れた佐和紀の言葉に、

「わかりました」

岡村が振り返る。遠ざけていた携帯電話を耳に戻し、リビングの端でカーテンのリモコンを操作した。

この部屋で暮らし始めてから、世話係は岡村だけになった。周平が仕事を持って帰るようになり、手伝いの岡村も必然的に拠点を移動させたからだ。仕事が始まるとリビングテーブル一面に書類が広がるが、スペースは十分にある。佐和紀は好きな場所で好きなように過ごした。

「今日は三井と一緒だったみたいですね。連絡がつきました。一度、こちらへ戻られます」

岡村が報告に近づいてきた。

「また仕事か」

答えながら、佐和紀はアイランドキッチンで鍋《なべ》を覗く。手製の筑前《ちくぜん》煮だ。それから白菜の浅漬けと、なめこの味噌《みそ》汁。米も、すでに炊けている。

「十時過ぎですよ。二時間はあります」

「そっか。じゃあ、先に食べれば？」

「いえ、自分は外で食べますから」

「また、そういうこと言うだろ。俺のメシが食えないわけじゃないだろって、何回、言わせるんだよ。何かのプレイか？」

岡村の肩を両手で押さえつけ、椅子に座らせる。それからささっと食事の用意を整えた。

「食べられる時に食べておかないと、死ぬぞ」

「……わかってます、けど」

「本当にわかってんのかよ。ごぼう、ごぼう。おまえはごぼうを食べてない」

「食べてますよ」

「レンコンは？　固いのも食べないと、あごが弱くなるだろ」

「食べてますって」

向かいに座って監視する佐和紀の命令通り、煮物を口元へ運ぶ。粛々と食事を終わらせた岡村は、自分で皿洗いを始める。

それを横目で見ながら、佐和紀は紅茶を作って椅子に戻った。

「おまえも大変だな。周平のとばっちり、全部かぶってんだろ」

「アニキのためですから」

食器を片付ける岡村が、はにかむように笑う。

「三井は若いヤツらをシメる役だろ。石垣は若手インテリの洗脳」

佐和紀は、親指、人差し指と、順番に曲げていく。中指を動かしながら、顔を向けた。

「おまえは女の仕込みだろ？　楽しいのか、苦痛なのか、わからないな」

シンクを拭《ふ》いていた岡村が黙ってうつむく。

「シンみたいな右腕がいると、あいつも仕事がやりやすいだろうな。俺じゃ絶対に無理だ」

「いいえ、俺も右腕なんて無理ですよ」

「え？　じゃあ、誰が」

「さぁ……」

「はぁ？　教えてくれたっていいだろ」

「本人に聞いてください」

「あーっそ。いっつも、それだな！　じゃあ、いいよ」

ぷいっとそっぽを向いて、佐和紀はテーブルに肘《ひじ》をついた。

岡村の穏やかな表情は、ぴったり貼《は》りついた仮面だ。接着剤は『忠誠心』だから、ちょっとやそっとでは剝《は》がれない。情報を引き出そうとしても無駄だ。

そらした視線の端に、時計が見えた。

周平が帰ってくるまであとどれぐらいだろう。

今日は二人で朝寝をしたから、何もしないままで仕事に送り出した。玄関先で濃厚に交わしたキスの感覚がくちびるに甦《よみがえ》って、佐和紀は知らず知らずのうちに吐息をついてしまう。

「俺、そろそろ外に出ましょうか」

「どうして」

「どうして、って……」

佐和紀の素朴な疑問に戸惑《とまど》いを滲ませる。

ハッとした佐和紀が口を開くより先に、インターフォンの呼び出し音が鳴った。画面に一瞬だけ周平が映る。

「俺はここから、一歩も出ません」

「言い方が嫌味」

「そうですね」

穏やかな表情の岡村が、揃《そろ》えた指先で廊下を示した。

佐和紀はあごをそらし、周平を迎えるために廊下へ出た。

玄関スペースから周平が姿を見せる。

かっちりとした三つ揃えが、今日も大人の色気だ。上質な布地が柔らかな陰影で長身を際立たせる。

ネクタイをはずす仕草に、胸が騒いだ。

「周平」

おかえりと佐和紀が言い終わる前に、脱ぎ捨てたジャケットが床に落ちる。

「ちょっ……」

気を取られた佐和紀の腕を、大股《おおまた》で近づいてきた周平が摑む。

壁に押しつけられ、キスと同時に、周平の手が着物の裾を鷲摑《わしづか》んだ。

「んっ……ん」

互いの眼鏡《めがね》がぶつかり合って、無機質な音が鳴り、

「一日が長かった」

互いの荒々しい息づかいが交わる合間に、周平の熱っぽい声が佐和紀を責めた。裾《すそ》がたくし上げられ、手のひらで足を撫《な》でられる。

「待って……ちょっと」

玄関にあった岡村の靴に気づかなかったのだろうか。そんなはずはない。

「すぐできるように、準備させておくべきだったな」

佐和紀の下着に手をかけた周平が言う。

廊下の灯りは、淡いオレンジ色だ。その光の加減さえいやらしく感じさせる周平の舌先が、佐和紀のうなじを舐《な》め上げた。

ぞくぞくとした痺《しび》れが腰から脊髄《せきずい》を駆け上がる。佐和紀は伸び上がるようにして周平の

首に腕を巻きつけた。

「バカか。シンがいるのに」

リビングから出ないと宣言した岡村が、周平の状態を知っていたと、いまさらに気づいた。

「勃《た》ってるな」

どうしてだと問いかけてくる周平の目に、荒々しさがある。しがみついた佐和紀は、周平の耳たぶへと軽く歯を立てた。

股間《こかん》を揉みしだかれ、息が詰まる。

「……キスが。出かける前のあれが」

「抜いたんじゃないのか、あの後」

「けど……」

欲しいのは出すことだけじゃない。

周平のシャツをスラックスから引っ張り出し、それから、ベルトをはずしにかかる。

「周平……。今日は筑前煮と、味噌汁と……」

言ってることとやってることがちぐはぐだ。わかっていても止められなかった。

「白菜の浅漬けがあって……。ごはん、食べてないだろ？」

「先にこっちだ。焦《じ》らすなよ」

周平が自分の下着をずらした。弾《はじ》けるように飛び出した性器を握らされ、佐和紀は黙って指を絡める。脈打つ太さに欲情が込み上げて、何もかもがどうでもよくなった。

周平の指も佐和紀の屹立《きつりつ》に絡み、滲み出る先走りを広げながらなめらかに動く。

ここですれば自分の声がリビングまで聞こえてしまうこともわかっていた。それでも恥ずかしいと思えない。

「んっ、ん……はっ……んまり、したら……っ」

「うん？」

聞き返してくる周平の手は、佐和紀を性急に確かめ続ける。根元から撫で上げられ、指の腹で先端をぐりぐりといじられた。

「あっ……はぁっ……」

片手をくちびるに押しつけて声を殺したが、喘《あえ》ぐ息はくぐもって漏れる。愛撫《あいぶ》に翻弄《ほんろう》されて、佐和紀の方は手を動かす余裕もない。

「感じてる声、聞かせろよ」

「……や、だ……」

潤む目を向けると、眼鏡が頭の上にずらされる。岡村がいるのにと非難がましく睨みつけたが、周平は意地悪く笑うだけだ。

「聞きたくて居座ってんだろう」

「そんなこと、よく言えるな……っ。そこ、やっ、だ……」

「嘘《うそ》つけよ。これが一番好きだろ」

「集中、できな……」

「こんなに硬くしておいて、いまさら」

笑う息づかいが耳元に吹きかかる。片手でシャツにしがみつき、佐和紀は背筋を震わせながら喘いだ。

「……んっ、ん」

「それとも、他の男のことを考える余裕があるのか。ずいぶん、慣れたんだな」

「……それ、以上……言うな……。殺す……」

乱れる息をこらえ、周平を押しのけて睨む。

廊下の壁に背中を預け、二人の間に視線を落とした。

欲望の切っ先が向かい合い、どちらもいやらしく粘液を光らせている。卑猥《ひわい》すぎて息が上がった。

まだ触られていない乳首が肌着にこすれただけで、たまらなくなる。

「観念しろよ、佐和紀」

欲情にまみれた雄の声で、周平が囁《ささや》いた。

「疑ってるわけじゃない。俺以外を見る余裕なんて、与えてないからな」

周平のくちびるがうなじをなぞり、甘い囁きが耳朶《じだ》をくすぐる。佐和紀は、のけぞりながら熱い吐息をこぼした。

すぐに、その息を吸い上げられ、周平の片手が胸を這《は》う。布地を揉みしだき、乳首を探し当てられる。

「くっ……んっ！」

身体《からだ》が痺れ、崩れ落ちそうになった。その腰を、周平が両手で摑んだ。

「後でまた、嫌ってほどかわいがってやるよ」

悪魔の囁きだ。生々しい淫靡《いんび》さを与えられ、佐和紀は膝《ひざ》を揺らした。立っているのがやっとになっている腰を壁へと押さえつけながら、周平がゆっくりとしゃがみこむ。

日課のように与えられる快感は、愛情よりも深く、佐和紀の心の奥を蝕《むしば》んでいた。昼も夜もなく、朝の目覚めから身体は快感を求めている。

こんな爛《ただ》れた生活では、自分の貞操観念が崩壊してしまう。そう考えるたびに、周平のことが好きだと、心から感じた。

周平が仕事でいない間、佐和紀の身体は燃え立つ肉欲に翻弄される。でも、腕に抱かれて交わすキスは、一年前に感じた温かさと変わらない。

「あいつが向こうで何していると思う、佐和紀」

意地の悪い質問とともに、周平は下半身へと顔を近づけてくる。

「あ、っ……」

引いた腰はすでに壁に押しつけられ、それ以上は逃げ場がない。すりガラスを一枚隔てた向こうへ声が聞こえているとしたら、岡村は欲情するのだろうか。舎弟が密《ひそ》かに抱えている感情さえ、佐和紀への焦らしに使う周平は人が悪い。

「ば、っか……。んっ……、ん。はっ……ぁ」

うつむいた拍子に、額へ上げられていた眼鏡が鼻に落ちてきて引っかかる。上目遣いの周平と視線がぶつかり、着物の裾を掴んでいた佐和紀の両手が小刻みに震える。

「あっ、あぁっ……！」

ぬめった舌が屹立を舐め上げ、唾液で濡れた口の中へと誘《いざな》われる。周平の目は、獣のようにぎらついていた。

ひざまずこうが、フェラチオに耽《ふけ》ろうが、周平は圧倒的なほど強い雄だ。

そんな男に急所を食《は》まれている実感が湧《わ》き、佐和紀は腰を揺すった。支配されている喜びが欲情になり、弱みをさらけ出している怯《おび》えは悦楽の種に変わる。

「あ、あっ……ん……ふっ」

裾を掴んでいる佐和紀の指から力が抜けると、周平の片手が布地を押さえた。佐和紀は身をかがめ、人生のすべてを覆していく男の髪に指を滑り込ませる。

「あぁっ、あ、……あっ」

リズミカルに前後する周平の動きで息が乱れる。佐和紀は腰を揺らし、濡れた粘膜に先端をこすりつけた。

口腔《こうこう》内でうごめく周平の舌がくぼみを刺激するたび、佐和紀の腰は何度でも震える。限界まで張り詰めた性器が周平の口の中で跳ね回り、もう、我慢ができなくなった。

「あっ、いく……、いく」

髪を摑むと、強く吸われた。

「はっ、……はっ。あ、ぁ……」

刺激に翻弄され、佐和紀は奥歯を嚙《か》んだ。腰が揺れ、射精が終わる。脱力した身体を、周平に摑まれた。反転して、壁に向かって手をつく。

周平が着物の裾を帯に押し込んだ。と、同時に、膝で止まっていた下着が足首へと踏み下ろされる。

乱れた息を整える間もなく、周平の指が腰下へと這う。佐和紀の出した精液が潤滑油の代わりだ。

淡い羞恥《しゅうち》を覚えながら、佐和紀は腰を突き出す。リビングが気になったが、欲求には抗《あらが》えない。

「本当にアナルセックス向きの穴だよな。毎日しているのに、バカにもならない上に締まりがいい。そのくせ、素直に柔らかくなる」

「あ、あ……っ」

脇《わき》の下を支える周平の腕に摑まって、佐和紀は額を壁に押し当てた。

「……はっ、……ん、あ、あぁ、あ……」

入り口をこじ開ける周平の性急さと、廊下で愛撫されている背徳感に、佐和紀は身をこわばらせた。

大きな声を出したくないのに、声を振り絞って求めたくなるほど欲情する。

「周平……、も、無理ッ……」

邪魔な眼鏡を、床に投げ落とした。壁にすがる自分の手へと頬《ほお》をこすりつけ、声を震わせる。

「欲しいか」

乱れる佐和紀とは裏腹な冷淡さに心細くなり、佐和紀は泣き出したくなりながら振り向く。待ち構えていたキスでくちびるをふさがれた。ねっとりと舌が絡み、くちびるを舐められる。

挿れて欲しかった。もう身体が火照《ほて》ってたまらず、指を出し入れされるたびにそこがきつく収縮してしまう。

「んっ、ふ……っ、んっ」

腰をひねった佐和紀は、必死になって周平の眼鏡の奥を見つめた。

「周平の、いれて……」

「ここでか」

「やだ……。ベッドで……」

指が引き抜かれ、佐和紀は周平の胸に飛び込んだ。狂おしい欲求に目眩《めまい》がする。

「……願っ…い…。連れて、って……」

周平の頬にくちびるを押し当てた。

軽々と抱き上げ、運ばれる。佐和紀は、しがみつきながら闇雲にキスを繰り返す。首筋、耳、髪。届く範囲ならところかまわずくちびるを押し当てる。

「脱ぐ……」

寝室のベッドの上でのしかかられて、力なく首を振りながら帯に手をかけた。

「後にしろ」

獰猛《どうもう》な目をした周平にあごを摑まれ、脚を抱え上げられる。下半身が目前にさらされ、あてがわれたと思った時には重みを感じた。

「ん、く……ぅ……あぁっ！」

太い竿《さお》でこじ開けられ、佐和紀はのけぞった。

周平の骨ばった手が腰に食い込み、引き戻される。

「ああっ……」

一気に根元まで押し込まれ、衝撃が走る。まぶたの裏で火花が瞬いた。のたうつように痙攣《けいれん》した上半身が弾む。

「も……っ、やぁっ……」

細い声をあげて、佐和紀は目をつぶる。

周平が腰の後ろに手をまわして帯を解く。ゆるめた襟元を手荒く開かれ、肌着の上から乳首を噛まれた。

「はっ……ぁ！　あぁ、あぁっ」

吸いつかれ、肌着が唾液《だえき》でじゅくじゅくに濡れる。周平は乱暴な手つきでまくり上げた。

その間も、腰は小刻みに佐和紀の奥を突く。

「あ、あぁっ……ん！」

指先が乳輪を撫で、爪《つめ》の先で突起を弾かれる。

佐和紀は身悶《みもだ》え、周平のシャツのボタンに触れた。でも、指は思うように動かず、周平が自分でシャツを脱ぐ。

艶《なま》めかしい牡丹《ぼたん》の花弁を、佐和紀は爪の先で引っ掻いた。その指を周平に摑まれ、根元から舌が這う。

「んっ……、う……っん……」

激しくしゃぶられ、振り払おうとしたが無駄だった。

柔らかい舌先の感触が指先に与えられ、淫靡なざわめきに心を乱される。しゃぶりつく周平の舌を指で撫で、唾液を絡め取るように弄《もてあそ》ぶ。

やがて二人の距離が近づき、佐和紀の指を舐めながらのキスに変わる。指を介して舌が触れ、濡れた水音が響く。

周平の腰の動きは次第に深くなり、佐和紀の理性が欠けた。

奥を穿《うが》つリズムに息が弾み、出し続けている声が律動に刻まれる。

「あ……っ。あ……。あぅ……ふっ」

乳首を摘《つま》まれ、こね回された。

「気持ちいいな……佐和紀……」

感じ入った深いため息を吐く周平は、そのまま何度か深い呼吸を繰り返して息を整える。

それから、いっそう力強い動きで腰を打ちつけてきた。

「ひぁっ、あっ……あぁーっ！」

狭い肉が周平へと絡みつき、うごめきながら貪欲《どんよく》に悦楽を求める。内壁がゴリゴリとえぐられる。

「佐和紀っ……！」

甘い声の響きに耳の奥さえ犯された。欲情を煽《あお》られ、背中が弓なりにしなる。

のけぞった身体の奥へと、周平の迸《ほとばし》りが放たれた。跳ねる切っ先から流れ込む熱さに、佐和紀の足先がもがくようにシーツを乱す。

「……あぁ、ダメ……」

朦朧《もうろう》としながら、周平の腕に爪を立てる。

「抜かな……で……」

言いながら腰をわずかに浮かし、無意識の中で前後に揺れた。

射精してもすぐに柔らかくはならない周平のそれが、まだ佐和紀を悦《よろこ》ばせる。

「くる……っ」

佐和紀は喘いだ。足を周平の腰に巻きつけ、自分から尻《しり》を押しつける。

「くる、……しゅうへ……っ。あ、あ、あっ」

人差し指の関節をくちびるに挟んで目を閉じる。

「あぁっ、あぁっ……あぁっ」

びくっ、びくっ、と腰が波打った。それでも止まらず、佐和紀は指を強く噛む。

「きもち、いっ……、いいっ、あぁっ……！」

上半身を倒してきた周平の髪を摑んで引き寄せる。頭部をかき抱き、くちびるを求めた。

「くるっ、来るっ……、っもち、いいのっ……いっぱいっ……あぁっ」

喉《のど》で息が詰まり、佐和紀の声が裏返る。身体の奥から湧き起こる情感のうねりが、悦楽の火照りになって腰を包む。

全身がぞわぞわと総毛立つ。

あごをそらした佐和紀の一声は長く後を引き、そのまま吐息に変わった。

激しい息を繰り返して、繋がったままで抱き合う。周平の手で髪を撫で上げられて初めて、互いの全身が汗だくになっていると気づいた。

「気持ち、よすぎた……」

乱れた息の合間に、言葉が口をついて出る。頭はぼんやりとしたままだ。

「俺はまだできるけど？」

笑いかけてくる『旦那《だんな》』を微笑《ほほえ》みで黙らせ、佐和紀は目の上に腕を乗せた。疲労が一気に押し寄せ、身体が重たくなる。

「待ってろ。タオルを取ってくる」

そう言って身体を離した周平は、穿《は》いたままだったスラックスをその場で脱ぎ捨てる。続き部屋のバスルームへ行き、濡れタオルを持ってきた。

佐和紀は打ち上げられた魚のように呼吸を繰り返す。寝そべり、着物を脱がされるに任せた。身体を拭われる。

「……あいつ」

いまさら岡村を思い出すと、周平は声をあげて笑いながら、ふかふかのバスローブを持ってくる。

「まぁ、好きなだけ聞き耳を立ててから外に出たんじゃないか」

「そういうこと言うなよ。酷《ひど》い男だな」

「慣れてるよ、あいつは」

バスローブで身体を包まれ、頭の下にあてがわれた枕《まくら》にすがりつく。周平はこれからシャワーを浴びるのだろう。額の髪を片側へ流すように撫でてくる指を摑んで引き寄せた。

「寝てたら、出かける前に起こして。声かけて」

「わかったよ」

微笑んだ周平はしばらくそこで佐和紀を眺めていたが、じきに時計を気にしてバスルームへ消えた。

シャワーが床を打つ柔らかな音に聞き入り、残された佐和紀はぼんやりと壁を見つめる。味わったばかりの快感をなぞり、果てる瞬間の周平の声を、何度も脳内で再生してから起き上がった。

サイドテーブルに置かれた周平のタバコに火を点ける。

イク瞬間の顔も眺めたいのに、それはまだ難しい。

くわえタバコでベッドを下りて、ふらふらとリビングへ向かう。

やはり岡村の姿はなかった。佐和紀の投げ捨てた眼鏡がハンカチの上に置かれている。

本人の希望通り、さっさと家の外へ出してやればよかったと思いながら、眼鏡をかけた。

食卓の用意をしてからバスルームを覗くと、髪を乾かしていた周平が鏡越しに笑いかけてくる。眼鏡をはずした顔は意外と野性味があって、それはそれで凛々《りり》しい美形だ。

「ごはん、食べて行って。用意したから」

「時間はある」

「あんなセックスしても、時間は計算できるんだな。俺はまだまだダメだ」

あてつけがましく言って壁にもたれると、周平がドライヤーの風を向けてくる。笑いながら周平の背中に逃げた。全裸の腰に後ろから腕をまわす。

「もういじるなよ。せっかくの手料理を食べ損ねる」

「周平なら、舐められながらでも食えるだろ」

「させるぞ」

「そんな行儀の悪いやつには、食べさせてやらない」

前髪を撫で上げて眼鏡をかけた周平の肩に噛みつくと、笑いながら背負われた。ベッドに投げ下ろされて転がり、仰向けになる。

「横須賀《よこすか》のアパート、見に行ったのか？」

佐和紀のガウンの裾をさりげなく直した周平が、ウォークインクローゼットに入っていく。

「まだ……。別に」

そんなこと、忘れていた。聞いたのは秋だ。

「取り壊しが早まる可能性もある」

仕立てのいいシャツのボタンを留めながら、周平が戻ってくる。

「親のことは、知りたくないのか」

「親、ねぇ」

佐和紀はごろりとうつ伏せになった。親と言われると松浦のことを思い出し、途端に気分が沈んでしまう。

「松浦さんのことは、俺も考えてるからあんまり心配するな。時間が解決することだ」

スラックスを穿いた周平が目の前でしゃがんだ。そっと伸びてきた手で、鼻を摘まれる。

「ほとぼりが冷めた頃、大滝組長に頭を下げる。それでなんとかなるだろう」

「おまえが？　そんな必要ない」

「あるよ。その頃には、松浦さんもあきらめてくれてたらいいんだけどな」

周平はあっけらかんと、すがすがしく笑った。

「さぁ、手料理を食べて、もう一仕事、行ってくるぞ」

スラックスとは別生地のベストを着た周平が、ジャケットとネクタイをかけたハンガーを手に、ウォークインクローゼットの扉を閉める。

「よく体力持つよな、周平」

「だから、セックスしに帰ってきてるだろ」

なんでもないことのように笑って、ハンガーごとジャケットを肩に引っかけた。寝室を出ていく背中は飄々として、激しい運動で疲れた様子もない。

「いや、それって普通は反対だと思うけど……」

肩をすくめた佐和紀は、後を追うためにベッドから下りた。

＊＊＊

『ほとぼりが冷める』という状態をよく理解できないまま、二月に入った。

屋敷の離れからマンションへ住まいを移して一ヶ月近くが経つ。旦那を待つだけの毎日は凡庸だったが、退屈はしなかった。

夢に見るほどの淫《みだ》らな快感は、人間の生活をあっけなく支配する。『そのこと』だけを考えていれば、時間なんてあっけなく過ぎ去った。

「おっはよう、ございまっすっ！」

車寄せで待っていた三井が、曲げていた腰を元に戻す。無遠慮な視線を向けられ、「久しぶり」

わざとにこやかに笑いかける。

「何が久しぶりだ」

鼻をひくつかせた三井が舌打ちした。わかりやすい態度が嫌いじゃなくて、爪皮のついた下駄を鳴らして歩み寄る。

屋敷の日陰には、数日前の雪が溶けずに残っていた。

「そう怒るな。俺の『本業』なんだから、しかたないだろ」

「はぁ？　ちょい、シンさん！　今の聞きました？　本業とか言った！」

佐和紀にはタメ口で話しながら、岡村には敬語を使う。

「寒いですから、早く中へ」

部屋住みに車のキーを預けた岡村は、苦笑しながら佐和紀の背中を押してくる。

「そのうち、副業で愛人とかやりだすんじゃないだろうな」

やりかねないとぼやく三井を、慌てて駆けつけたらしい石垣が待ち受けていた。有無を言わさず、思いきり頭を平手で打つ。

「痛いッ！　なんだよ。殴るなって、言ってんだろ！」

「おまえに正当性なんかあるかッ。姐さん、おはようございます」

佐和紀に向かって、深く一礼した。手を上げて応《こた》えると、

「若頭の離れまで来るようにと……」

石垣が廊下を指し示して言った。

「やっぱり、怒られたりするんだろうな」

後に続いた佐和紀は、石垣の背中に話しかける。

呼び出しをかけてきたのは、京子だ。

周平との生活を優先させ、お供をしていた稽古《けいこ》事からも足が遠のいている。

「嫌味ぐらいは言われるでしょうね」

肩越しに笑われ、ため息が漏れた。

「だよな」

何気なく視線を向けた先で、庭の椿《つばき》が咲き始めていた。初夜の顚末《てんまつ》を思い出し、この長い一年間を想う。

すべてを捨ててきたつもりが、たわいもない嫌がらせに憤って逃げ出した。あの時、周平に何を求めていたのだろう。

誰かのための献身を、褒めてでも欲しかったのか。その時も今も、佐和紀自身、よくわからないままだ。

石垣に先導され、若頭夫婦が暮らす離れに入る。客間では、すでに京子が待っていた。

「ごぶさたしております」

石垣が出ていき、ドアを閉める。佐和紀は深々と頭を下げた。

「元気そうね」

京子の口調はいつもと変わらない。向かい側のソファーへ座るように促され、従った佐和紀は腰を落ち着ける。

「忙しいの？」

優しく問われて、答えに困った。

「いいのよ」

ジーンズにラベンダー色のセーターを着た京子は身を乗り出し、膝の上で指を組んだ。

「好きなようにしたらいいのよ。誰にだって、そういう時期はあるものよ。松浦組長とのことは、時間が解決するでしょう」

「岡崎、さんは、どうしてますか」

「あぁ。あれはダメね」

顔をしかめて、肩をすくめる。酷い言われようだ。

「本当にバカなんだから。もっと早く、こんな日が来たっておかしくなかったのよ。佐和ちゃんにとっては初めて好きになった相手でしょう？　周平さんも、ずっと誰かを探してたんだろうし。……意外に落ち着いているのね」

「え？」

「落ち着いてるわ。もっと浮ついてるか、それとも……」

京子はふっと笑い、肩を揺らした。

「あの色事師でも無理なのねぇ」

感心するように腕組みをして、ソファーの背にもたれかかった。

「何がですか」

「……佐和ちゃんを女みたいにするって、難しいのね。あの男でも……。そこが誤算だったんだわ。だけど、そろそろ……」

言いかけた京子がドアを振り返った。佐和紀にもその足音は聞こえている。

どすどすと廊下を踏み鳴らす重い足音が止まり、石垣を詰問する低い声が漏れ聞こえる。

笑顔を消した京子が物憂げに眉を動かした。

「京子ッ！」

勢いよくドアが開く。怒鳴りながら入ってきたのは岡崎だ。

ダブルのスーツに合わせたネクタイはゆるみ、部屋に佐和紀を見つけると、鬼のような表情で一瞥《いちべつ》を投げてきた。そのまま京子に向き直る。

「何を怒ってるの」

挑戦的な口調で京子が笑いかける。夫婦の間に、不穏な空気が流れた。

「しらばっくれるな。……佐和紀、おまえもだ。あれもこれも、好きなようにされやがって」

「まるで自分のものみたいな言い方ね。いい加減、理解したらどうなの」

京子が立ち上がり、不遜《ふそん》気な態度で腕を組む。

「おまえのものでもないだろう。どうやって周平を言いくるめた！」

岡崎が突如として、鋭い声で怒鳴りつける。京子は細いあごをつんっとそらす。

「お言葉ね。そんなこと、私ごときができるわけないわ」

「じゃあ、なんで佐和紀が、京都であんなことをやってるんだ」

突然、去年のことを持ちだされ、佐和紀は驚く。でも、京子は平然と肩をそびやかした。

「周平さんが受けた借りを、この子が返しただけよ。それが何？」

あっけに取られていた佐和紀も座ってはいられず立ち上がる。対峙《たいじ》している夫婦を交互に見た。

「こいつが仕組んだことだ。佐和紀」

岡崎の言葉が理解できず、京子を見る。

佐和紀は周平のために動いただけだ。不完全な刺青《いれずみ》を完成させたい一心で、最後の頼みの綱である彫り師を守り、過去に周平を傷つけた女に、佐和紀なりの意趣返しをした。

すべては終わったことだ。そのはずだった。

「俺は周平に仕事をひとつ頼んで行かせた。解決の糸口を作るために、おまえは何をされた」

詰め寄ってくる岡崎のこめかみが引きつり、眉も吊《つ》り上がる。

殴られると身構えた瞬間、腕を伸ばした京子にかばわれる。

「周平さんは、ちゃんと仕事をしてきたでしょう」

「佐和紀を利用してだ！」

「どこに証拠があるの」

噛みつくように答えた京子の頬を、岡崎がおもむろに張りつけた。ハッとした佐和紀の肩を、京子が摑んで引き止める。

「じゃあ、認めれば納得がいくわけ？　ふざけてるわ。あんたたちがやってることに傷つかないなら、私がすることにだってこの子は傷つかないわよ！」

「利用したって、認めるんだな！」

「認めたらなんなの？　終わったことに文句をつけないで」

言い返す京子は、岡崎の勢いにも動じない。

「佐和紀、来い」

話にならないと言いたげに岡崎が手を伸ばす。

「触らないで」

払いのけたのは京子だ。

「私だってこの子に惚れてるのよ。あんたたちみたいに、身勝手な感情じゃない」

「万が一のことがあれば、本当に傷物にされるところだったんだぞ。女が遊びで首を突っ込むな」

「私が遊びで首を突っ込んでるって言うの」

その肩がかすかに震え、声は低くかすれて響く。

「おまえが何をしようが、おまえの勝手だ。でも、このことだけは許せない」

「はっきり言えばどうなの。佐和紀が傷つけられるのは、我慢ならないんでしょう？　この子が輪姦《まわ》されるのを心配するなら、自分がさっさと手をつけて、閉じ込めておけばよかっただけのことだわ！　都合よく身体を弄《もてあそ》んできたのは、あんたの方よ。金で好きにできた頃がさぞかし懐かしいんでしょうね。拒絶されて嫌われるのがこわいから、嫌な役を周平さんに押しつけたくせに！」

京子が怒りを爆発させ、両手を叩《たた》きつけるようにして岡崎の胸を押した。

「挿《い》れてないからレイプじゃない、強要じゃないいなんてね、あんたたちバカヤクザの考えそうなことよ！」

人差し指を、亭主の喉元に突きつけた。

「薄汚い気分で触られるだけでも傷つく心はあるわ。お金で埋められるモノじゃない。それをまるっと忘れた顔して、誰かに犯されでもしたら一大事だなんて、あんたが言わないでよ！　頭がおかしいんじゃないの！」

「京子姉さんッ。……京子さんっ！」

腕を摑んで止めようとしたが振り払われる。叫んでいる京子が泣き出すんじゃないかと佐和紀は思った。

「舎弟に処女を奪わせたことを後悔できるほど、きれいな生き方してきてんのッ⁉」

「その話は関係ない。俺はおまえが利用したことを話してるんだ」

「あんたの身勝手さには、反吐《へど》が出るわ。私は、利用なんてしてない。試したのよ」

「どっちが勝手なんだ……」

殴った瞬間から、岡崎の怒りは治まっているように見えた。

佐和紀は二人を見守り、じっと息を殺す。

京子が憤りを持て余して深い息をつく。

「これは私と佐和紀の問題よ。この子が嫌だと思うなら、私に言えばいいわ。少なくとも怒るのは周平さんであって、あなたじゃない。私が危ない橋を渡らせたからってなんなの。本気になりすぎた、あんたが弱いのよ。……穴に棒を入れるだけの、そんな簡単なことをやる度胸もなかったくせに。チンケなのよ」

「京子さん……」

さすがに、同じ男として岡崎が不憫《ふびん》になる。

女の辛辣《しんらつ》さは時々想像の遙《はる》か斜め上を行く。対抗する男が殴るしかなくなるのは道理だ。

「佐和紀。おまえもどこまでバカなんだ。組長とケンカしたっきりシケこんだまま顔も見せないで。恥ずかしいと思わないのか」

話の矛先が回ってきて、まっすぐに岡崎を睨んだ。

『女』にさせておきたかったのは、そっちだろ。それとも、あんたに足を開けば、仲を取り持ってやってるって、結局はそういうこと?」

「おまえ……」

岡崎が口ごもる。京都の一件の裏を明かせば、佐和紀がショックを受けるとでも思っていたのだろう。

京子の側についた佐和紀を見据え、ぎりぎりと眉根を引き絞る。

「おまえみたいな性格で、このままやれると思うのか。周平の足を引っ張るのがオチだぞ。……その時になって泣きついてくるのを、待っててやる。どれだけ仕込まれたか、じっくりと味わってやるよ」

京都行きで薬を仕込まれたことは、以前にも叱《しか》られた。

岡崎は周平が薬を使ったと思っていたのだ。真実はそうじゃない。

「ヤることしか考えてないわけね……」

あきれたようにつぶやいたのは京子だ。

黙ってろと言わんばかりに睨んだ岡崎は、部屋の外から聞こえた部屋住みの声を聞くなり身を翻す。

その素早い動きを見た京子が、佐和紀の腕に飛びついてきた。

「周平さんよ！」

叫ぶなり、佐和紀の腕を引いて走り出す。

「京子さん、待ってください！　何がどうなって」

「あの人は、あんたがかわいいの！　周平なんて、どうでもいいのよ！」

「え……、ちょっと」

足に絡む着物の裾をさばきながら走り、母屋の廊下を抜ける。

玄関で向かい合う岡崎と周平を見つけ、迷わずに駆け寄った京子が二人の間に入る。だが、岡崎は力ずくで京子を振り払った。

「岡崎！」

倒れ込む京子を受け止めた佐和紀は、怒鳴りつけた姿勢のまま目を見張る。

岡崎の拳が、周平を殴る瞬間だった。

壁に飛ばされた周平は、激しく肩を打ちつけ、寄りかかったまま、くちびるの血を拭う。

「また嫉妬《しっと》ですか」

血のついた親指を眺め、顔を歪めた。

岡崎は、その頬を続けざまに平手で殴る。周平のジャケットを掴み上げ、拳をわなわなと震わせた。

「呼び出しておいて、顔を見るなり殴ることはないでしょう」

ずれた眼鏡の位置を指先で直しながら、距離を置こうとした肩を引き戻される。

「俺はおまえに、佐和紀を頼むと言ったよな？　それは危険を承知で利用することじゃない」

岡崎の言葉に、京子を見た周平の眉がわずかに動く。岡崎が何を怒っているのか、理解したのだろう。

ふっと息を吐き、間近にある兄貴分の顔を覗き込んだ。

「それなら、弘一さんだって、もう少しマシな動きをしてくれませんか。松浦さんを逆上させて、佐和紀を追い詰めるようなこと、他のヤツにさせないでくださいよ。それに、頼まれたのは京都の後だったじゃないですか」

「よくもそういうことが平然と言えるな！」

「終わったことをどうしろって言うんですか。もうさせませんよ」

「周平ッ」

もう一度振り上げられた拳を、今度は周平が自分の腕で止める。

「いい加減にしてもらえませんか。……そこにいる男は、俺の『女』で『妻』なんですよ。横から口出ししないでください。俺にだって、我慢ならないことがあります」

拳を振り払い、岡崎の肩を押しのける。

「知ってるから言うんです。佐和紀は男だ！　床の間に飾る人形じゃない！」

「過大評価だ、周平。……佐和紀、おまえもだ。いい加減にしろ。組長の親心をどうしてわかろうとしない。おまえを養子にしなかったのは、組をつぶす覚悟で俺を外へ出したのは、なぜだと思う！」

岡崎が声を荒らげた。

「組のほとんどがおまえのケツを狙《ねら》ってたからだ。腕っぷしの強さにも限度がある。おまえの強がりは、弱さの裏返しだ。そこが男を狂わせるんだ！」

「知らねぇよ。そんなこと」

「バカが！　だから、もう後がなかったんじゃないか！　おまえがさっさとあきらめれば、組長はカタギに戻るつもりだったんだ。だけどおまえは頑張りすぎる」

「だって、あの人は、根っからの極道で……」

「そんな人間が、あの年齢《とし》まで生き延びるか！　バカだろ！」

岡崎に叱責《しっせき》されて、佐和紀は後ずさる。組にいた頃から、岡崎に叱られるのは苦手だった。

厳しい口調の中にある真剣な情熱に、心が惑う。

「おまえが幹部と取引を始めて、いよいよ危なくなって……。そんな時に周平がバカなことを言い出したのを幸いだと思った。確かに打算はあった。組長を騙《だま》して承知させたのは俺だ」

その場にいる全員の視線が、岡崎に集中する。

「絶対に嫌だと言ったよ。俺に佐和紀をモノにしろって、わめいたぐらいだからな」

岡崎は苦々しく顔を歪めた。

「佐和紀を傷つけることはしないと俺は答えた。だから嘘をついたんだ。俺の出世のために目をつぶってくれと言っても、あの人は首を縦に振らなかった。周平がどんな人間か調べて、やっぱりダメだと言った。それをどうやって説得したと思う」

岡崎が石垣を押しのけた。力の抜けた石垣は簡単に身を離す。

「俺の面倒を見るって、言ったんだろ」

佐和紀は静かに答える。

「……俺はな……、佐和紀も、周平のことが好きなんだと言って、組長を騙した」

言葉が頭の中を素通りする。岡崎は、さらに続けた。

「佐和紀の初めての男は、惚れた相手がいいと勧めたんだ。周平の手癖の悪さから言えば長続きなんてしない。だから、俺が面倒を見るという条件で結婚を許してくれた」

「……そんな嘘」

信じたのかと言いかけて、思わず周平を見た。佐和紀の感情を受け止める目にも、真実への戸惑いがある。

なぜ、大滝組へ行く日に松浦が会ってくれなかったのか、やっとわかった。その前の日に、病院で会った時も、身売り同然に手放すにしてはあっさりしていたのが不思議だった。

「おまえを表には出さないことも条件のひとつだった。でも、それは時間をかければいいだけのことだったんだ」

岡崎が、息をつく。

「俺が大滝組で仕事をすると聞いて、本気で利用されると思ってるわけじゃないよな」

手にした周平のジャケットを握りしめて、佐和紀は浅い呼吸を繰り返す。

白無垢《しろむく》姿の写真を病室の枕元に飾って喜んでいた松浦は、バカバカしいほど無邪気だった。岡崎の嘘は本当になっていたのだ。

あの時、佐和紀の恋を認めていたことは事実だ。

だけど、今はもう違う。

「本郷に言いくるめられたんだろう」

岡崎が忌々しげに舌打ちする。

「あいつの口のうまさは天才的だ。そうでなくても、今までの周平は最低だからな」

弟分をキッと睨みつけ、肩をいからせた。

「俺がやらせたことが全部じゃねぇだろ、周平。前後関係ごちゃ混ぜにして吹き込まれりゃ、痛い腹しかねぇんだよ！　その上、京都でのことがオヤジに知られたら……。本郷のにやけ面しか思い浮かばねぇよ」

岡崎は額に手を当て、身をかがめた。

佐和紀と松浦の仲違《なかたが》いに表立った動きを見せなかったのは、二人の性格をよく知っているからだ。物事の成り行きを見極め、それから仲介に入る策を練っていたのだろう。その矢先に昨夏の話を知った岡崎の心労は、がっくりとうなだれた肩に如実だ。

京子がさりげなく寄り添う。でも、岡崎は拒んだ。

「佐和紀と組長の仲違いを解消するどころの話じゃない。……利用されて怒りもしない佐和紀のプライドのなさも、惚れてる相手を危険にさらして平気な周平のプライドのなさも。どっちも、俺には理解できねぇ。今すぐ別れさせる短気を起こさないだけで、手いっぱいなんだ。京子。それが二人の自由だと言いながら、後ろで糸を引くおまえもだ。女のくせに、とは言わねぇよ。女のおまえらしい陰湿なやり方だ。……それから、佐和紀」

一息に話す岡崎の目は、佐和紀を見ない。

「俺はおまえがどんな暮らしをしようが、幸せならいい。他の男の慰みものになるぐらいなら、惚れた相手にせいぜいかわいがってもらえよ。時間が経てば松浦組長の怒りも鎮まるだろう。どうせ、あの人だっておまえがかわいいんだ。絶縁することを思えば、意地ぐらい曲げる。おまえだって、そのことを、結局はわかってんだろう。……俺の怒りもそのうちだ。しばらく、三人とも顔も見たくない」

そう言い残し、岡崎は誰の呼びかけも受けつけない背中を見せた。足音を大きく響かせてその場を去る。

母屋の廊下はしんと静まり、誰もが気圧《けお》されて口をつぐむ。

重い沈黙を破ったのは、京子のため息だった。

「あぁなったら、しばらくは取りつくシマもないわ……。いまさら夏の話を蒸し返されるなんて、思わなかった。佐和ちゃん、ごめんなさい。試したと言ったけど、利用したのよ」

佐和紀は気を抜かれたまま、京子を見た。

「言い出したのは、私。あんたがどれぐらい使える男か、知りたかったの」

「知って、どうするんですか」

「……結局、自分のために、利用するつもりでいたのね」

京子が暗い表情で声をひそめる。

佐和紀は何も言えず、黙って周平の背に回った。ジャケットを着せかける。

「俺の行いの悪さが元凶だな」

自嘲《じちょう》の笑みを浮かべる周平の袖を引いた。

そんなことは、冗談でも言わせたくない。

いつもクールな男が、あれほど声を荒らげたのだ。岡崎との間にある確執は、昨日今日のものじゃない。

「帰ろう。周平」

声は、自分が思う何倍も小さかった。

自分の未熟さで、周平にさえ、させなくてもいい後悔をさせてしまう。

その事実は松浦を裏切ることよりも胸に突き刺さり、抜けないトゲのように皮膚の中へ入り込んだ。

「京子姉さん。俺は本当に、なんとも思ってません。でも、何も思わないところが、オヤジや岡崎を悩ませるんだとしたら、どうにもならない。京子姉さんの期待するような男にはなれないと思います。すみません」

「佐和ちゃん。違うのよ、それは違う。……周平さんっ」

助け舟を求めた京子が動きを止める。

佐和紀の肩を抱き寄せた周平は、静かに答えた。

「冷静になることですよ、京子さん。たかだか佐和紀を取り巻く何人かが騒いでいるだけのことでしょう。情のあるような言葉を並べ立てても、佐和紀の気持ちを無視したやり方だ。……俺は認めない」

「周平？」

クールを通り越し、冷え冷えとした雰囲気の周平を振り向く。その表情はいつも通りに見えたが、内側に冷たい炎が立っている。

「確かに、あの人たちはおまえを、すごく大切にしてきたんだろう。でも、それがおまえを幸せにしたか？」

「……それは」

「そういうことだ。答えを押しつけてくるのは、おまえに答えを選ぶ頭がないと思うからだ。そんなヤツらの期待に応える必要はない」

舎弟の三人が息を呑《の》み、京子が悲しげにうつむく。

周平は静かに憤っている。微笑みの貼りついた表情が何よりの証拠だ。胸騒ぎがして、何かを無性に伝えたかったが、言葉にはできなかった。

周平のジャケットに指を伸ばし、しっかりと摑まった。

何も怖くはない。それなのに、どうしてこんなに不安がつきまとうのか。

「タカシ。車を回してくれ。マンションに戻る。シンはスケジュールを再調整しろ。夕方までは出かけない」

石垣は京子を任され、それぞれが動き出す。

「肝心なことを、岡崎は見逃してる」

周平がつぶやく。

「松浦さんはおまえを大事に思っているだけじゃない。惚れてるんだよ。そこが受け入れられないから、話がややこしくなるんだ」

「何、言って」

「行くぞ、佐和紀」

抱き寄せられたまま、玄関から出る。すぐにやってきた車に乗り込んだ。

「松浦さんが俺を疎ましく思うのは、行いの悪さのせいじゃない。反対の意味だ」

周平がタバコに火を点ける。

「幸せにしすぎたんだ。おまえが利口になって、独り立ちするのが怖いんだろう。自分のためだけに生きてきた男が、別の男のために生きるって言うんだから逆上もする」

「俺とあの人はそういう関係じゃない」

「当たり前だ。俺以外に、そんなことはさせない。たとえ、過去だろうと」

真剣な顔をした周平は、子供みたいなことを言う。

「いや、過去については無理だろう」

「無理じゃない。たとえ、おまえを抱いた男がいたとしても、そんなものはセックスじゃなかったと言わせる自信がある。そうだろう。弘一さんにしてやった手コキと、俺にするのは一緒か？」

タバコを手にした周平が、後部座席でずいっと身を寄せてくる。

「タカシ、タバコを持ってろ」

運転席に手を伸ばし、タバコを預けると、そのまま佐和紀の手を摑んだ。

「やめろ、よ……」

股間へと引き寄せられる。まだ静かなそこは、柔らかい感触だった。なのに佐和紀の胸は疼《うず》き、目元が歪んでしまう。

「弘一さんの惚れ込みようも異常だな。誰の嫁だと思ってんだ。聞かされてると、腹が立ってくる」

周平の言葉よりも、手の中で成長しようとする熱が気にかかって、佐和紀は視線をさまよわせた。思わず力を入れて揉みしだきたくなる。

「殴られたな」

周平の手に頰を撫でられ、佐和紀は目を細めた。

「気にするなよ。殴ってやったし」

「まぁ、それもそうだ」

笑う周平のくちびるの端が切れている。そこを指でなぞり、佐和紀はくちびるを寄せた。キスは優しく互いの息をふさぐ。

「京都でのこと……」

くちびるをついばみながら言われ、佐和紀は閉じていた目を薄く開いた。眼鏡をはずした周平が、佐和紀の眼鏡を押し上げる。

「謝るつもりはない」

「……謝るようなことを、されたつもりもない。周りが何を言おうが、俺は自分のやりたいことしかやってないし」

どう思うかは、周りの勝手だ。

「おまえは男だよ、佐和紀。俺以上に、二枚目だ」

ごく当然のように、自分を『二枚目』に含んでいる周平を睨んだ。間違ってはいないが、あきれてみせる。

「男前だろ？」

「ドスケベだけどな」

「そういうところが、好きなくせに」

からかわれて顔をそらす。額から眼鏡を下ろし、周平を押しのけた。

運転席の三井から、吸いかけのタバコを受け取り、

「こんな男の舎弟は疲れるだろ。後ろですぐにサカるし」

笑いながら声をかける。

「嫁をやるよりはマシだわ」

といつもの調子で返される。佐和紀は笑いながら背中をシートに戻した。

「それはそうだ。でも、俺は嫌じゃない」

周平を振り返る。もう、いまさら決め直す『覚悟』はない。

とっくに、この男だけだと決めているのだ。

義理も人情も、仁義の名の元にあるすべてがどうでもよくなる。自分が間違っていて、非常識なのだとしても。

「怒るなよ、周平」

まだ苛立《いらだ》っている横顔に声をかける。

「無理だ。おまえが関《かか》わると、俺の心は狭くなる」

腕組みをした周平の視線が窓の外へ向く。口にする以上に、岡崎からの叱責が効いている。それは、謝らないけれど、京都でのことを後悔している証拠だ。

「もう二度と、おまえ以外の男のモノは触らない。それだけのことなのに、外野はほんと、うるさいよな」

端整な横顔を眺めて言うと、周平が振り向いた。

「それほど、おまえの指が貴重なんだよ」

笑いながら新しいタバコを取り出す。それを佐和紀の口へと挟み、古いタバコを指から取り上げて揉み消した。

本心を隠す表情でライターを取り出して、火を点ける。

「指だけならまだしも、後ろにも突っ込んでるからな。やっかまれてもしかたがない。まぁ、これで済んだわけじゃない。これからだな……、佐和紀」

どこか楽しげな顔で笑った周平から火をもらい、煙を吸い込む。

「俺って、安かったんだなぁ」

ヘラヘラ笑ってタバコを吸うと、信号で車を停めた三井が迷惑顔で振り返った。

「バカ言えよ。安いどころか、高くつくんだよ。腕やら骨やら折られる身にもなってみろ」

「どうせなら、キスぐらいしておけばよかったか」

周平にからかわれ、

「しませんよ！　男相手に、誰が！」

頬を膨らませて前へ向き直る。

笑った周平の手が膝に伸びてきて、佐和紀は黙ったまま、ぎゅっと手を握り返した。

6

重だるい身体を起こし、佐和紀は、ベッドの上に転がっているペットボトルを引き寄せた。ひとくち飲んでサイドテーブルへ置き、素っ裸のままバスルームへ行く。シャワーを浴びてから下着をつけた。

「ひでぇな」

鏡に映った身体には、鬱血《うっけつ》の痕《あと》が散っている。毎日上書きされて、アザになるんじゃないかと思うほど濃い色になっているものもあった。

「加減しろ、っつうんだよ」

ぼやきながらも、指で辿《たど》るだけで周平のくちびるを思い出す。

吸われ、舐められ、歯を立てられる。

身体の奥に熱が溢《あふ》れ、むずむずとした欲に駆られた。抑えきれずに自慰に耽り、もう一度シャワーを浴び直す。

今度は、鏡の前に立たない。

きっちりと和服を身に着け、濡れた髪を撫でつける。周平のタバコをくわえてリビングへ出ると、散らかり放題になっていた書類を片付ける岡村の姿があった。

「おはよう」

と声をかけたが、窓の外には夕雲がたなびいている。

「何か、お召し上がりになりますか」

「後でいい。また、盛大に汚してるな。いちいち書類を並べないと仕事できないのか、あいつは」

広げられた書類を迂回《うかい》して、ローテーブルの卓上ライターでタバコに火を点ける。俯瞰《ふかん》して思索する周平のスタイルにはもう慣れた。部屋が広ければ広いほど書類も撒《ま》かれる。秘密基地にしているマンションの部屋がほどよい広さだ。

窓辺に置いてある椅子に腰かけ、佐和紀は暮れていく街の向こうの光を数えた。港に浮かぶ船の灯りだ。

「大丈夫ですか？」

「何が」

「昼と夜の生活が逆転してるので、体調を崩されていないかと」

窓ガラスに、岡村の姿が映る。書類をまとめて、テーブルの上に並べていた。

「ヤられすぎて辛《つら》くないかって、聞けばいいだろ」

片膝を抱き寄せ、振り返らずに笑う。タバコを持っている手を、剝《む》き出しの膝の上に投げ出した。

「そんなことは思ってません」

にこりともしない岡村が近づいてきて、佐和紀の隣で身をかがめた。佐和紀の視線の先を辿る。

「何もないよ。ただ、船が浮かんでるだけだ」

「……不思議ですね、佐和紀さんは。弱いように見えて、強いんですから」

「バカなように見えて、利口だろう」

言い返すと、突然、

「アニキが、自分に溺《おぼ》れてる姿は快感なんですか」

そんなことを聞いてくる。あけすけな物言いに笑いながら、佐和紀はタバコをくわえた。ゆっくり吸って、時間を置く。

「あの男が、俺の身体に溺れてるように見えるなら、おまえもまだまだだよな」

「俺はあの人がどんなふうに人を抱くか知ってます」

「言い直せば？　どうやって犯して、調教するか、目で見て覚えてきたんだろ。それを今は自分がやらされてるんだよな。そっちこそ、心が荒《すさ》まないか？」

佐和紀は、ことさら無感情に口にした。

鈍色の海は、まだ冬の気配だ。三月が近づいても、本格的な春にはまだ遠い。

「周平のさー、右腕の話さー。あれって、やっぱりおまえからは聞けないの」

「……言えなくはないんですけど。後が恐ろしいので」

「あっそ」

「佐和紀さんは、どうするつもりなんですか。このままでいるつもりじゃないですよね」

「このままだよ。好きな男の帰りを待って、食事を作ってウキウキしてんだから楽しいんだよ。美人局《つつもたせ》で小銭稼ぐよりはよっぽど楽だろ」

「それにしては、退屈そうですが」

図星を差されて目を伏せる。

手元に引き寄せたタバコがちりちりと燃えるのを見た。

うずくまって生きることのたやすさは、楽をすることと同意義だ。それが続けば退屈になることを、佐和紀は生まれて初めて知った。

「なぁ、……俺と、したいの？」

いたずらに秋波を送ると、岡村は驚くでもなく真顔で固まる。くちびるを引き結んだが、質問の中身を否定はしなかった。

「じゃあ、する？　どれぐらいのテクニックでやるのか、俺が採点してやろうか」

「そんなからかいに乗ると思うんですか」

消沈したため息が不思議とよく似合う。生来の苦労人というものが存在するとしたら、それがこの男だ。

「乗らないのか」

振り返って目を細めると、岡村はその場に片膝をついた。佐和紀を見上げてくる。

『苦労人』と言えば聞こえは悪い。でも、苦労を背負える精神力の強さがなければ、『かわいそうな人』でしかない。そう言ったのは周平だった。それが岡村への評価だ。

「俺だって、この道からはずれたら後がありません。カタギの苦労は向きませんので」

「俺に手を出して追い出されたら、死ぬしかないか」

「死にはしません」

膝に手を置いた岡村が苦笑した。

兄貴分の嫁といい仲になって、指を飛ばされたりコンクリ詰めになる話は都市伝説だ。今はほとんど聞かない。

ただし、リンチにかけられたり、仕事を取り上げられて食い詰める話ならいくらでもある。

「今も、周平の女を抱きに行ってんだろ。シン」

「女だった、ですよ。仕事ですから」

「俺の面倒を見てるのも『仕事』だよな？」

「趣味とは言えませんね」

あてつけがましく口にした後で、岡村の目が泳いだ。佐和紀は手を伸ばし、足元に控える男の頭をポンポンと叩く。

「どうして、俺だけがここに出入りしているか、わかりますか」

岡村は迷惑そうに顔をしかめる。

「後の二人はホイホイと誘いに乗るからだろ」

「乗せることができる佐和紀さんだからですよ」

「どっちも同じ意味だ」

「そんなことないです」

「でも、おまえは乗ってねぇし」

いたずらに髪を掻き乱そうとして、今度こそ逃げられる。立ち上がった岡村は、ジャケットの裾を引っ張り直した。

「退屈なら、いつでも外へお連れします。外出禁止ではないんですから」

「おまえみたいな生真面目人間と出かけても、全然、刺激的じゃない」

佐和紀は腕を突き上げ、大きく伸びを取る。これほど家に閉じこもっていても、身体はなまったりしなかった。

激しいセックスのおかげだというのは、変な話だ。

「なぁ、白玉団子食べたくない？」

短くなったタバコを、岡村が持ってきた灰皿で揉み消す。

「作るから食べようぜ。黒砂糖あった？　きな粉は飽きてさ」

「いつも、唐突ですよね。下の店で買ってきましょうか」

マンションの一階には高級食材店が入っている。

「それぐらいなら、俺も一緒に行く」

厚手のストールを肩にかけて外へ出た。

エレベーターホールもひんやりしていたが、外からの風が直接吹きつけていない分、それほど寒くは感じない。

エレベーターが上がってくるのを待ちながら、岡村を振り返る。

「自分の頭で何かを考えるって、こんなに面倒なことなのか。正直いって、どうでもよくなるよ。俺とオヤジのことも、周平と岡崎のことも」

「どんなことだって、簡単に答えが出るわけじゃありません」

「シンは、どう見てんの？　周平のこと」

肩にかけたストールをかき寄せて、手のひらで握る。

岡村はなかなか口を開かなかった。

エレベーターの動きを示すボタンへ視線を戻す。

「今まで、感情がなさすぎたんです。愛人と言われてる相手だって、単なる都合のいい関係でしたから」

「向こうは夢中になっただろうな」

「ノーコメントで」

岡村は笑いもしない。

「今のうちに攻め込まないと……。佐和紀さん」

「はぁ？ 俺が？ かかあ天下を目指せって？ ろくでもないこと言うよな」

「アニキが正気を取り戻したら、形勢は二度と逆転できません。男の幸せは、朗らかな嫁を持つことです。アニキみたいな男は、甘えさせてくれるより、叱ってくれる相手に弱いと思います」

「あんな男を叱る方が難しいだろ。ってか、お前の中では正気じゃないってことなんだな。今のあいつは」

「正気なら、もう少しマシな振舞いをしますよ。タカシに『棚ボタ』だと言わせているようでは……」

「棚ボタ？ ……今の、これか。そう言えなくもないよな。でも、それなりに我慢はしてるみたいだ。……あいつ、ちょっと変態っぽい時ある……」

「男なんて、だいたいそんなものですよ。佐和紀さんだって」

「はぁ？」

「いえ……失言です」

コホンと咳払《せきばら》いをして、岡村は取り繕う。

「物事を難しく考えてもしかたありませんよ。アニキ以前に、佐和紀さんはどうしたいんですか。若頭はともかく、松浦組長のことは……」

「俺のことはいいよ。うちのオヤジは湯沸かし器みたいな人だけど、そんなに長引かないんだ。岡崎も言ってただろ。問題はさ、やっぱり周平だよ。岡崎に対して、いつまで怒ってるつもりなんだろうな」

大滝組の若頭と補佐だ。仲違いした噂が流れても体面が悪い。

「あれは、一年前からずっとです」

岡村の答えに、佐和紀は目を見開いた。

「そうなの？」

「俺にはそう見えましたよ」

到着したエレベーターの扉を岡村が押さえ、佐和紀は先に乗り込んだ。

「理由は言わなくてもわかりますよね？」

続いた岡村が扉を閉める。

「わかるような、わからないような……」

「佐和紀さんって、物事が危機的状況に陥らないと第六感が働かないんですね」

「今、バカにしただろ」

背中を殴ると、岡村の肩が小刻みに揺れた。笑いをこらえている。

「褒めたんです」

「嘘つけよ」

もう一度背中を殴って、佐和紀は大きく肩で息をつく。

「俺さぁ、高層階マンションってやっぱり向いてないんだよな。屋敷の庭が恋しい」

エレベーターが一階に到着する。

エントランスの空気が、真冬とは違っていた。部屋の中にいてはわからない、わずかな春の気配に佐和紀は目を細める。

「気分、よさそうですね。外の風に当たってから、買い物しますか」

岡村に声をかけられ、うなずいた。

＊＊＊

鋭い声に呼び止められた周平は、高級ホテルのラウンジ前で足を止めた。うんざりした表情を見破られないように、ポーカーフェイスを装って振り返る。

「こんなところで会うとは」

奇遇ですねと続ける前に、ロイヤルブルーのワンピースを颯爽《さっそう》と着こなした京子が歩み寄ってくる。ブランド物のクラッチバッグで殴られるのを見越して距離を置くと、あからさまに舌打ちされた。

「俺に当たるのはお門違いってやつですよ。だいたい、俺はこれから仕事で……あぁ……」

会うはずだった人物を思い出して、肩で息をつく。

「逃げ回るからよ。個室を取ってあるわ。一緒に来て」

動かない周平を睨みつけ、

「一緒に、来て！」

京子が声を荒らげる。

組屋敷での一件から数日。京子からは何度も連絡があった。時間を作れと言われ、逃げ回っていたのがバレたのだろう。

こんなことは、今回が初めてじゃない。京子と岡崎の夫婦ゲンカも、周平の悪行に岡崎が怒り狂うのも、佐和紀が来る前に幾度となく繰り返されたことだ。

ラウンジのボーイに案内され、ソファーの置かれた個室に入るなり、京子がクラッチバッグを座面に投げつけた。

「いつまで続けるの！」

気性の荒さは親譲りだ。普段は洒脱《しゃだつ》な印象が軽やかな大滝組長も、一度怒ると手がつけられないほど激昂する。

周平はソファーのそばに立ったままのボーイを振り返った。

「すみません。男と女の話なので……、ウィスキーの水割りのセットをください」

訳知り顔になったボーイは恭しく頭を下げる。

ドアが閉まった後で、周平は息を吸い込んだ。腰の後ろで腕を組み、直立する。

「何か言いなさいよ」

「……何を、言いましょうか」

怒れば怒るほど着飾る京子は、華やかに巻いた髪も濃いアイシャドウもよく似合う。赤い口紅を引かず、ヌードカラーで留《とど》めておく理性が恐ろしいぐらいだ。

服従の姿勢を崩さず、八つ当たりで振り上げられた平手から、ひょいと身を引いた。

「夫婦揃って気安く殴るのはやめてもらえませんか」

「殴りたくなる顔をしてるからよ」

「男前は生まれつきです」

「……あんたって男は」

あきれても、否定はされない。

二歳年上の京子とは、岡崎よりも先に知り合った。

女に騙されて刺青を背負い、多額の借金を背負わされて荒れていた頃だ。

女ながらに組の仕事へちょこちょこと首を突っ込んでいた京子に拾われ、いつのまにか大滝組の準構成員の扱いになった。紹介された岡崎と兄弟盃を交わしたのは、それから三年後のことだ。

京子と岡崎が結婚した年でもあり、周平は三十一歳になっていた。

「弘一さんとは、早く仲直りした方がいいですよ」

「その言葉、そっくりそのまま、周平さんにもお返しするわ」

突きつけられる爪の先はゴールドに塗られている。

そこが佐和紀とは違う。綺麗《きれい》な顔立ちをしていても、佐和紀は男だ。化粧ッ気がないのはもちろん、爪もそのままだ。

味気ないほど短く切り揃えているのは性格だろう。相手の粘膜を傷つけないために手入れを欠かさない周平の『習性』とは意味が違う。

「今回ばかりは弘一さんから折れてくることはないと思いますよ」

「わかってるわよ。そんなこと。だけど、腹が立つわ」

「嫉妬ですか。あの人の頭の中は、本当に佐和紀だけですから」

「バカ言わないで。煮えきらなくてイライラするのよ」

「煮えきられても困ります」

周平は苦々しく顔を歪めた。

「岡崎とあの子の間に、何かあったら嫌なの？」

「普通は、そうでしょう」

「……はっきり言うわ。周平さんらしくない。いまさら、そんなことを口にできるなんて恥知らずよね」

ドアがノックされて、ワゴンに乗った水割りのセットが持ち込まれる。まだ立ったままだった二人を、ボーイはあえて見ないようにして出ていく。

「俺の中では、すごく自分らしいですよ」

周平はワゴンに近づいた。京子の水割りを作ってテーブルに置く。それから自分の分も作った。

ソファーに座った京子に目の前の席を示され、水割りを手に周平も腰かける。

「あの子を、自分ひとりで好きにしないで」

「どういう意味ですか」

笑って答えると、京子の目に暗い炎が揺らぐ。

周平は即座に手のひらを見せて降参した。グラスの残りをぶちまけられたくない。

「すみませんね。でも、佐和紀は俺のものですよ」

「身体はそうするといいわ。どうとでも仕込んで、できる限り、自分に引きつけておけばいい。でも、あの子には可能性がある。それを勝手に摘《つ》まないで欲しいのよ」

言い返そうとして、周平は黙った。

やはり、外野はうるさい。岡崎と松浦の思惑に、本郷。そして京子まで絡んでくる。

「それにしたって、よくもまぁ、あんなふうになったものよね。あんたと寝たら自分も開花するかなとか、正直、考えちゃったわ」

「……やめてください。俺が男に抱かれるより、おそろしい妄想ですよ、それ」

京子を女として見たことはない。岡崎の女房だからじゃなく、出会った時からずっとだ。

「一目惚れじゃなかったわよね？　それなりに愉しんだら、岡崎へ譲るつもりもあったわよね？」

「……初めは、そのつもりでしたよ。……まぁ、ミイラ取りがミイラになったって、簡単なオチですよ」

「弘一がついた嘘にも驚いたけど、周平さんも大概だわ」

「一言、手を出すなと言われれば、やりませんでしたよ。でも、言いませんでしたから」

「そこが、あなたとしては気に食わなかったのね」

「いいえ。俺とあの人の兄弟どんぶりなんて、珍しくもないでしょう」

「最低」

「褒めていただかなくても」

嫌悪のまなざしを笑顔で受け流し、周平は一年前を思い出した。

佐和紀のことを知ろうと、松浦の病室へ見舞いに行ったことがある。あの時の松浦は腰が低かった。できるだけ穏便に佐和紀の恋を終わらせて欲しいと、そう願っていたのだろう。

「なんであれ、佐和紀を獲得したのは周平さんだわ。だから、さっさと、弘一に頭を下げてくれない？」

「京子さんの泥まではかぶれませんよ」

「……あら、困ったわね」

軽やかな口調で言うわりに、京子のまなざしは冷たい。

「京都の件なら、いまさら口にしないで。弘一には想像できないでしょうけど、あの女のことで、無駄に傷つけずに済んだのよ。口に出さない嫉妬ほど、精神的に疲労するものはないんだから」

「一歩間違えれば、弘一さんの言う通りのことになっていた」

「それで再起不能になるような人間なら、それまでのことよ」

本気で言い放つ京子を、まっすぐに見つめ返す。

周平も大概二枚舌だが、京子の腹黒さには感心さえする。佐和紀に対する態度もそうだ。姉嫁としてかいがいしく気づかう裏で、大滝組を守る布石になれる人物かどうか、厳しいチェックを繰り返している。

「……人の嫁を、なんだと思ってるんでしょうね。あなたは」

ネクタイをゆるめて、ソファーに背を預ける。

大滝組の下で一人前の男にするなら、京子の後ろ盾は絶対に必要だ。そう思って、あの夏は提案を飲んだ。佐和紀には謝らないと言ったが、後悔がないわけじゃない。

「佐和紀は、佐和紀よ」

「その通りです。だから、あなたの代わりにもなれませんよ」

京子は押し黙り、手にしたグラスを揺らす。

「俺が抜けた後、弘一さんの信頼できる人間を育てたい気持ちはわかります。なんだかんだと言いながら、京子さんは、あの人を愛してますしね」

「子供の父親だから、当たり前よ」

とうそぶき、京子は冷めた目をする。

「弘一が跡目争いから弾かれたら、大滝組の内部分裂は目に見えてる。それを避けたいだけよ」

「暴力団という形態は、死に体です。半世紀保たないでしょう」

それでもあと五十年。粘れる可能性は残されている。

「わかってるわ」

グラスをテーブルに戻し、京子はクラッチバッグを引き寄せた。細いメンソールのタバコを指に挟んで口元に運ぶ。

周平が向けたライターで火を点けた。

「だけど、こういう世界でしか生きられない人間もいるのよ。それは名前や形を変えても、存在し続けるでしょう？」

「否定はしません。佐和紀が『ここ』にいたいなら、そうすればいい。あんたの役にも立ちますよ、佐和紀なら」

「本気なの？」

京子が眉をひそめる。

「俺の片棒を担がせることはありません」

「そういうところ、変わらないわね。クールで排他的で、誰も信用してない」

悲しそうな目をした京子がタバコをふかす。

言った先から、周平のことなどどうでもいいと思っているのだろう。京子が気にかけるのは自分の家族のことだけだ。そこには大滝組の直系構成員たちも含まれている。

「京子さんは、佐和紀の幸せをなんだと思いますか」

まっすぐ投げた質問は、周平自身が笑ってしまいそうなほど青臭い。でも、京子は真正面から受け止めた。

「佐和紀が、佐和紀でいることだわ。でも、それがどんな形かは、本人にもわからない。それが人生でしょう？」

京子が抱いている佐和紀への期待は本物だ。一人前にしてやりたい想いにも嘘はない。でも、大切なことがひとつ、抜けていた。佐和紀は、男だ。生まれて死ぬまで『男』だから、佐和紀を通して得ようとしている勝利の喜びは絶対に手に入らない。

京子が求めるのは、女が男に勝ることであり、『女』のように扱われる佐和紀が『男』として大成することとは意味が違う。

そのことに、京子も遠からず気がつく。

「周平さんは今の状態があの子のベストだと思う？」

「幸せそうでしょう」

余裕を見せて煙に巻くと、京子の顔が不機嫌に歪んだ。

「……岡崎や松浦組長がしたことと変わらないんじゃない？　佐和紀が幼稚な人間として扱われたことに怒ったんじゃなかったの？　そのくせに、嫉妬に駆られて閉じ込めるような真似《まね》はしないで」

タバコを灰皿で揉み消し、クラッチバッグを手に立ち上がる。

周平はグラスに口をつけた。

「いい加減にしておくことね。今はまだ、何も言わないわ。でも、度が過ぎたら、絶対に許さないから。色狂いはあんただけで十分よ」

捨て台詞《ぜりふ》を残した京子がドアへ向かう。

「周平さん。佐和紀はね、あなたの悲しみを癒《いや》すために存在しているわけじゃないのよ。そんなくだらないことで、あの子の人生を浪費しないでちょうだい」

強い口調とは裏腹に、ドアは静かに閉まった。

残された周平は、新しいタバコに火を点ける。八つ当たりに現れたのかと思えば、最後はクリティカルな爪跡を残していく。それが京子だ。

タバコを指に挟んで、ソファーの背に腕を伸ばした。

「くだらない、か……。気楽なもんだよ」

周平は、指に挟んだままのタバコが灰に変わるのを黙って見つめる。

結婚は人生の墓場だと言われるが、そんな考えは、独り身の自由さが人生の醍醐味《だいごみ》だと思い続けている幼稚さの表れだ。

伴侶《はんりょ》を持ち、家族を作り、自分以外の人生を両肩に背負うことは、確かに、墓場へ片足を突っ込んでいるような苛烈《かれつ》さだ。だからこそ、自分の存在意義もはっきりする。

そうでなくても、胃袋と下半身を掴まれた男に逃げ道なんてない。

水割りにウィスキーを足した周平は、タバコの匂《にお》いがついた指でグラスを掴んだ。

京子の言葉が脳裏を駆け巡り、そんな簡単なことじゃないと思いながら酒と一緒に飲み込む。

いつか、佐和紀は『男』になる。それを待ち望む一方で、いつまでも庇護《ひご》下にいて欲しいと願う。周平のカゴの中から出ていかず、ずっと自分のためだけに歌っていてくれたなら……。

もう少し、あと少し。そう思う気持ちを否定できない。

足を組み直すと、頭を預けてくる佐和紀の重さが膝に甦った。

いつになれば、たまには膝枕をしてやってもいいと、向こうから思ってくれるのか。周平は真剣な顔で考えた。

恋愛とは違い、結婚生活は本当に、ままならない。

だけど、一人でないという現実は、想像以上に優しかった。

＊＊＊

薄闇の中で伸びてくる手を摑み、柔らかなシーツの上で押さえつける。

「あっ……あ、あっ」

喘ぐ佐和紀が腰を揺らし、周平はもう一度強く奥を穿った。

「あ、んっ。……ん」

互いの乱れた息づかいが、下半身よりも絡まり、室内に熱気がこもる。

「もう、……やだっ」

逃げようとする佐和紀を引き寄せ、今度は後ろから挿入した。

そらした背に頬を押し当て、腰を抱き上げる。

「や、だっ……て……っ、やだっ」

「抵抗されると、燃える性分なんだよ」

「ばか！　死ね！　よがっても、する……くせっ、に。あ、あっ！　そこっ、んーッ！」

枕に顔を伏せた佐和紀が痙攣した。はぁはぁと激しく肩で息をつく。

「も、イッて……。マジで、もう……死ぬ」

息も絶え絶えになりながら、佐和紀が周平の手の甲を掻いた。

「ヤりたりない」

横臥《おうが》する身体をさすりながら、周平はゆっくりと腰を使った。

言葉とは反対に、それ以上の無体を強いることはできない。溢れるほど注ぎ込んだ精液の中に、薄い追加を流し込み、ゆっくりと腰を離す。

「は……ぁ」

「抜かれたくないって顔してるぞ」

「指、入れんな」

「たくさん出したからな。このままじゃ、悪い」

「んっ……風呂《ふろ》、行く」

と言って起き上がる身体を、抱きしめる。

「ここでいいだろう。面倒だ」

バスローブを引き寄せると、目元を真っ赤にした佐和紀が睨んでくる。

「何が面倒なんだよ。出して、また入れるつもりだろ。……ガバガバになるだろっ」

「ならない。明日は挿入なしにしてやるから、な？」

「もー、うるさい」

「待てよ。一人で行くと、また転ぶぞ」

立ち上がろうとする腕を掴んだ。

「抱っこしてやるよ」

「風呂で出す」

「わかった、わかった。今日はもうしないから」

ベッドから下りて、佐和紀をそっと抱き上げる。身体から立ちのぼる汗の匂いが、部屋に充満している精液の匂いと混じり、周平はまた欲情を覚えた。

それを感知した佐和紀に肩を殴られる。

「しないからな」

「風呂へ行って、キスしてから考えればいい」

笑いながら、バスルームに入った。

もちろん、処理だけで終わるはずはない。

キスが二人の情欲に火を点け、周平が指でイかせたあと、佐和紀が口でした。

「満足しただろ、周平」

シャワーで汚れを流した佐和紀は、さらにぐったりとした姿でベッドに横たわる。

汚れたシーツを剝ぎ、クリーニング済みのシーツを広げただけのベッドメイクだ。ホテル仕様のリネンに頰をすり寄せ、佐和紀がくちびるをとがらせた。

「したって、言えよ。……言ってくれ、お願い」

「何回したって、満足なんかできるわけないだろ。ずっと繫がっていたいぐらいだ」

「やりそうだから、嫌なんだよ」

「気持ちよかったよ。佐和紀。最高に、良かった」

周平が寝転がると、佐和紀の指が肩に触れた。引きずり寄せて胸に抱く。

「どうした？」

しばらく目を閉じていた佐和紀に肌を吸い上げられ、周平は優しく問いかける。

「んー？　別に」

ぼんやりとした声が答えた。刻み込まれた花の輪郭を、爪の先でいたずらになぞる。

指は胸から下へ滑っていく。腹筋を越えて、ヘソのくぼみに触れた。

「今頃、『あの二人はバカだ、子供だ』と罵《ののし》られてるかもな」

「ふぅん……」

「どうでもいいか？」

「いいんじゃねぇの。思い通りにならないって怒られてもなぁ。俺がその程度のチンピラだったのは事実だろ。手駒《てごま》が言うこと聞かなかったら、俺でも怒るよ」

「佐和紀」

名前を呼ぶと、居心地悪そうに黙り込む。口ほどに無関心でないことはわかっている。だから、手のひらであごを掴み、顔を覗き込んだ。

「刺青、やっぱり入れるから」

手を振り払った佐和紀が身体を起こして言う。

伸びた髪を掻き上げ、タバコを引き寄せる。

「俺は勧めないけどな。財前《ざいぜん》には話をつけたし、おまえにも連絡が行っただろう」

「話をつけたのは、おまえじゃないだろ。どのあたりが手を回したか、わかりきってんだよ、それぐらい。だから、素直に聞く義理はない。……説教でもする？」

振り返った佐和紀は暗い目で笑う。

あの日、激怒していた岡崎は刺青の取引のことも知っていたのだ。周平の名誉のために、舎弟たちがいる場では口に出さなかった。

「どうして、俺がそんなこと。おまえは子供じゃないだろ。……誰につけられた『説教され癖』だろうな」

座っている佐和紀を背後から抱き、振り向かせてキスをする。ねっとりとした舌技に、腕の中の身体がぶるっと震えた。

その反応が愛《いと》しくて、また欲情が頭をもたげる。

いくらなだめてもキリがなかった。

佐和紀の頭の片隅に自分以外のことがあると思うだけで、胸が灼《や》けつきそうになる。

それを嫉妬だとからかわれ、佐和紀を手酷く抱いたのは、数日前のことだ。恥ずかしい格好をさせて、卑猥な言葉をわめき散らすまで責めた。佐和紀は泣いて怒り、拗《す》ねまくったが、結局は優しいセックスで機嫌を直したのだ。

京子から釘《くぎ》を刺された通り、周平は今の生活も悪くないと思い始めていた。松浦と岡崎、それから京子との付き合いを断った佐和紀は、やっと周平だけの存在になった。

だから抱き寄せるたびに、独占欲に駆られる。

「来週、横須賀へ行くか」

周平が声をかけると、

「アパート？」

佐和紀は気乗りしない声を返した。

子供の頃に暮らしていた建物が取り壊されるというのに、そっけない態度だ。最後にもう一度見ておきたいとも思わないのだろう。

「自分の出自が気にならないのか」

「しゅつじ？」

「生まれってことだ」

「あぁ、別に気にすることもないんじゃない？」

「普通の人間は、子供の頃に軍式訓練を受けたりしない」

タバコに火を点け、周平は枕をクッションにしてヘッドボードに背中を預ける。

佐和紀の戦い方は、形こそ崩れているが軍式のものだ。

「だから、そこまでおおげさじゃないって。ひ弱だったから、ひと夏だけキャンプに参加しただけで」

「小学校も行ってないのに、どうしてサマーキャンプには参加するんだ」

「わからない、けど」

母か祖母の恋人がそこにいたはずだと佐和紀は言った。

「他に覚えてることは？」

「もう話したけどなぁ……。相手の名前なんて覚えてないし、他にも大人はいたし、子供もいた。あぁ、そうだ。日本語が片言だった」

「おまえは……！」

髪を掻きむしりながら周平は身体を起こした。

聞けば聞くほど、怪しい話だ。

「一人親のための慈善活動かなんかじゃないの？」

周平の勢いに、佐和紀が怯えたように肩をすぼめた。

「おまえの話は、絶対に普通じゃない」

「っていうかさ、自分の子供の頃のことなんて覚えてないよ。そうだろ？」

佐和紀の言い分は正しい。周平だって、子供の頃の記憶はあいまいだ。それでも、謎《なぞ》が深まるほどに真実が知りたくなる。

周平はくわえタバコでベッドを下り、ウォークインクローゼットから分厚い封筒を手にして戻った。

「おまえには言わないでおいたんだけど。母親の名前は、本名じゃない。これでもまだ、過去に興味がないか？」

「……ホステス名ってこと？」

ベッドの上に投げ置いた封筒を引き寄せたが、佐和紀は中を見ようともしない。

「戸籍がおかしい。新条《しんじょう》姓が辿れないって、言われてな」

依頼した相手は凄腕《すごうで》の情報屋だ。高くつく分、仕事はいつも完璧《かんぺき》だった。それが今回に限って、泣きを入れてきたのだ。

その時点で、普通じゃない。

「これを見てみろ。報告書だ」

周平は封筒から一束の書類を取り出した。何枚目かをベッドの上に置く。

「おまえを中心にした相関図だ。戸籍を調べて作られてる。ここにおまえがいるだろ？これが母親。新条咲子《さきこ》。そしてここが祖母。新条町子《まちこ》。名字は祖母の旧姓ってことになってるけど、どうも子供を産んだ形跡がないらしい」

「俺の母親が、養子だってこと？」

「そうだな。でも、咲子という名前の人間は青森出身で、今でも生きてる。生まれながらの障害があって施設に入ってるんだ。自分では物事の判断はできないし、両親はもう他界していて本人も末期ガンだ。施設は書類不備とわかっていて、金で彼女を受け入れたらしいな」

「え？」

「これが写真だ。母親とは別人だろう」

出された写真の横に、周平はもう一枚、写真を並べた。

「一応、この人がおまえの父親ということになっている。もう生きてないけどな。父親が政治家だって話が本当か嘘かは、まだわからない。でも、この男と血が繋がっていないことは確認できた」

並んだ二枚の写真に見覚えはない。どちらも佐和紀とは、骨格からして微塵《みじん》も似ていなかった。

「なんか、すごすぎねぇ？　俺を担いでる？」

「なんの意味があって？」

「だよ、な……」

「これは弘一さんにも京子さんにも報告してない。これだけで済んでないからな」

「周平」

「ヤクザも避けて通る世界ってのが、この世の中にはある。俺はそっちに片足を突っ込んでる状態だ。大滝組にいるのは弘一さんを組長にしてやるためだよ」

「そんなこと、俺に話すのか」

佐和紀が目を丸くする。

「おまえをこっちに置いておくか、連れていくか。正直、悩んでる」

「そのこと、岡崎は」

「知らない」

佐和紀の口から岡崎の名前が出ただけで、答える周平の声はそっけなくなる。ここで心配するのは岡崎のことじゃないだろう。

「俺が足が突っ込んでる場所は特殊だ。あの人が知れば迷惑がかかる。知らない方がいいのは、おまえだけじゃない」

周平は書類を集め、封筒に戻した。

「大滝組の資金はな、俺が出してるんじゃない。家を出た一人息子が、知り合いの資産を動かした余剰金だ。それを俺の舎弟や他の幹部がマネーロンダリングして組に落とし込んでる」

「ごめん。難しすぎて、本当に意味がわからない」

「俺がいなくても、大滝組は回るってことだ。いつか俺が組を出ていくことも、弘一さんは認識してる。だから、おまえをあてがったんだ。組を出る時、確実に置いていくと踏んでたんだよ」

「俺は？　どうしたらいい？」

やっと身の振り方を気にした佐和紀が、不安げに見上げてくる。股間に直撃しそうな色気に、周平は目を細めた。

「今すぐ決めることじゃない。このまま大滝組の一人で終わる可能性もある。おまえの親のことに関しては、思い出したことがあれば言ってくれ。もう少し何かが出てこないと、調査の続けようもない」

「続けることに意味があんの？」

謎を並べ立てても、まだ興味は湧かないらしい。めんどくさそうに眉をひそめた。

「おまえを利用するつもりはない。……利用されないように、事実を押さえたいだけだ」

そばに寄り、目を覗き込む。

「……おまえが何者でも愛してるよ」

周平が囁くと、深刻なことを考えている表情で佐和紀は黙り込む。

実の親よりも、義理の親兄弟が気にかかるのだろう。なんでもない素振りをしていても、憂いは佐和紀の中に蓄積している。

どんなに周平が愛しても、それに佐和紀が応えても、親兄弟の絆《きずな》は別の次元にある。

「周平。来週、横須賀に行く……」

ぽつりと口にして、まつげを伏せる。

泣き出しそうに見えた佐和紀はタバコを引き寄せて火を点ける。かすかに震える指が、穏やかでない心情を表していた。

佐和紀からタバコを奪い、周平は見つめ合った後で微笑みかける。頼って欲しかった。今までで一番、誰よりも、佐和紀の支えになりたい。

庇護欲に胸を焼かれ、周平はタバコを口に挟んだ。

抱いても抱いても、収まらない欲望は罪深い。激しく交わって泣かせても、まだ佐和紀が欲しくてたまらない。

耽溺《たんでき》を越えたレベルじゃないかと、自分自身をいぶかしがる周平は、静かにタバコをふかし、猛《たけ》る想いを静める。

「なんでだろうな」

佐和紀がぽつりと言った。見上げてくる目が、柔らかくはにかんだ。

「周平がくわえてると、タバコもエロく見えるんだよな」

「簡単なことだ。俺のくちびるが、気持ちいいことをするって、おまえが覚えてるからだ。お利口な頭だな」

からかうと、睨み返される。その目に弱々しさはなかった。

心の奥底に戸惑いを隠しながら、佐和紀は一日ごとに強くなっていく。

「じゃあ、周平も、俺がタバコ吸ってると興奮するわけだ」

「俺は、話をしている時のおまえの息づかいがヤバいな」

言いながら周平は顔を近づけた。

素直にキスをさせない佐和紀が、身を引く。

あきらめて離れようとした周平の首に腕がまわった。タバコを揉み消すと、佐和紀に引っ張られてベッドに転がる。もつれあいながらキスを交わし、かすれる声で名前を呼んだ。

佐和紀が短く息を吸い込み、裸の胸をすり合わせるようにのけぞった。

この瞬間も、佐和紀は何かを考えている。

心を覗きたくて頬を包むと、佐和紀の指がしどけなく絡んだ。

「……煽るな。ヤるぞ」

無自覚に心を隠され、周平の淀《よど》んだ独占欲が浮き上がる。

今まで隠していた情報を明かしたのも、書類を見せたのも、離れてもなお佐和紀の心に根ざす、松浦や岡崎の存在を紛らわせたかったからだ。

あの二人も知らない傷を共有することで、本当の鳥カゴに閉じ込められるような、そんな気がする。

「ほんと、絶倫」

笑った佐和紀は拒まなかった。

腰を抱き寄せ、下半身を合わせながら、佐和紀の首筋に鼻先をこすりつける。

甘い笑い声が耳元でほどけて、周平の身体は心地よくわななく。

佐和紀と交わり、すべてが溶ければいい。

どうせなら、面倒事から背を向けて、二人だけの世界に消えてしまいたい。限りない情愛の深淵《しんえん》に足をおろし、周平は一人ひそやかに思った。

7

狭い路地奥だったはずのアパートは、道幅の広い道路の脇に建っていた。向かいは空き地になっている。

記憶は想像したよりもはっきりと残っていた。昔から手すりは錆《さ》びていたし、屋根の色も変わっていない。

母がもたれかかり、たそがれていた窓は奥から二番目。今はくすんだガラスが見えるだけだ。

「あの部屋だ。何も変わってない」

つぶやくと、周平に手首を摑まれた。

「行くぞ」

「中には、別に……」

足がもつれた。周平は薄手のコートを揺らして、ずんずんとアパートへ近づいていく。

外付けの階段を上がり、埃《ほこり》の舞う中廊下を歩いた。部屋の前に立った周平が、革の手袋をはめたままドアノブを握る。ガチャガチャと音が鳴るばかりで、ノブは回らない。

「ほら、鍵《かぎ》がかかってんだから」

止める佐和紀には答えず、周平がドアを蹴破《けやぶ》った。バンッと大きな音が響く。

「…建付けを確認しただけかよ」

目を丸くした佐和紀は、

「あぁ、もう。どうするんだよ」

壊れた蝶番《ちょうつがい》にため息をついた。

「どうせ、すぐに取り壊される」

「そういう問題？」

二十代後半の佐和紀より十年近く年上の男は三十代半ばだ。

なのに、時々意外なほど子供っぽいことをする。

女だったなら『私だけに見せる本当の姿』だと夢を見るだろうが、あいにく佐和紀には単なる男の本性だとわかってしまう。男なんてものは、何歳になっても単なる子供だ。

半端に引っかかるドアを力ずくではずし廊下に立てかけた周平が、部屋を覗いた。

「おまえの子供の頃の写真の一枚ぐらい、畳の裏にないかと思ったけどな」

畳がはずされた一間の部屋は、壁紙がはがれ、押入れの襖《ふすま》もない。床には埃が分厚く積もっていた。

「入る気にならないって」

部屋を見渡す周平の袖を引く。

「何も思い出さないか」

「嫌なこと以外は」

答えた佐和紀はくるりと背を向ける。それは嘘だった。

廃墟《はいきょ》になっていても、記憶は甦る。

「ここで、暮らしてた……。確かに、母さんとばあちゃんと暮らしてた。そう、俺は呼んでた」

「それがおまえの母親だ」

中廊下を出た階段の踊り場で、周平に摑まえられた。

感傷が胸に迫り、佐和紀はうつむく。ここに来るまではなんとも思っていなかった。なのに、変わらない景色に、動揺するほど心が乱される。

「俺のことを好きだって言った、最初の人だ……」

「そうだろう。当たり前だ。母親なんだから」

「うん……」

こらえきれずに震えてしまう肩に、周平の腕がまわる。すがりつくように手を重ねると、涙が頬を伝い落ちた。

本当に産みの親なのか、わからない。でも、かわいい坊やと囁いた声と、頬を撫でた冷たい手は、確かな記憶として佐和紀の中に残っている。

「昔は裏に共同の洗濯干し場があって、そのそばにつつじの花が咲いてた。蜜《みつ》を吸うのがおもしろくて、全部摘んでこっぴどく怒られた」

「あぁ、子供の頃はやるよな……。全部はさすがにないけどな」

周平に手を引かれて階段を下りる。

二人で裏へ回ったが、その場所はすでに、隣のアパートの駐車場になっていた。痩《や》せたつつじの木がひっそりと植えられていたが、記憶の中の半分の大きさもない。

佐和紀は、周平の右手を掴んで、手袋をはずした。自分の頬に押し当てて目を閉じる。一年前のあの日に感じた人肌の温かさが、あらためて身に沁《し》みた。

ずっと自分だけが不安で、自分だけが傷だらけの人生を送ってきたと思い込んでいた。でも、人にはそれぞれ生き様がある。そこに関わる悲しみやさびしさもそれぞれで、他の誰かとは比べられない。

母がそうだったように、祖母にもそれはある。顔も名前も知らない父にだって、きっとある。

そして、目の前にいる男にも、だ。

だから、松浦を裏切り、岡崎を苛立たせても、ひたすらに周平のそばにいたいと思う。

「なぁ、周平。俺の手も、あったかい？」

自分の頬へ押し当てた周平の手を握る。眼鏡の奥で細められる瞳《ひとみ》に熱っぽい感情が揺らめいて、佐和紀は喘ぐように大きく息を吸い込んだ。

「おまえの手は冷たい。だから、好きだ」

手を掴まれ、周平の頬へと促される。まっすぐに見つめ、佐和紀は微笑んだ。

「周平、今夜の予定はキャンセルできねぇ？」

「どうした」

「今夜はマンションに戻りたくない。新婚旅行で泊まった温泉あるだろ？　あそこへ行って、ゆっくりしたい……」

ダメかと問いかけると、見つめた目がじんわりと潤んだ。身体の奥が熱を帯び、本当の目的を周平に伝えてしまう。

『ゆっくりする』の意味を理解した周平が、携帯電話を取り出した。相手は岡村だ。

仕事の穴埋めに奔走し、いつも泥をかぶる男の苦労も、佐和紀にとっては些細《ささい》なことでしかない。この程度の借りならいくらでも返せると思う。あのお利口ぶった頭を撫でてやるだけのことだ。

携帯電話で連絡を入れていた周平が、熱海へ移動しようと声をかけてくる。

保護者のような顔をした恋人の指に、佐和紀は自分の指を絡めた。わざと甘えて見上げる。

二人の未来さえどうでもよく思える一瞬の自堕落に、ひっそりと奥歯を噛んだ。痛いほどの幸福が胸に差し込み、底なしの快楽に溺れたくなる。

だけど、絶対に越えられない一線はあった。

松浦を裏切ってでも選んだ道だから、なおさらだ。

「弘一さんが絡まなきゃ、もう楽隠居の域なのにな」

笑った周平が、助手席のドアを開ける。

陽気な口調に笑い返し、佐和紀は低い車体のスポーツカーに乗り込んだ。


そのまま横須賀から熱海へ移動する。

山の中にある旅館のあたりは風が冷たく、去年は満開だった山桜の蕾《つぼみ》もまだ固い。

旅館が用意した浴衣《ゆかた》の上に丹前を羽織り、庭の向こうに広がる稜線《りょうせん》が、暮れていくにつれて夜の色に変わるのを眺めた。ぼんやりとタバコを吸っているうちに早めの夕食がテーブルに並ぶ。

周平はワインを、佐和紀は麦焼酎《むぎじょうちゅう》を頼み、会話は途切れずに続いた。

なんの違和感もなくフランス映画の話をして、ドイツと日本が合作した戦争映画のあらすじを佐和紀は話した。

麦焼酎でくちびるを濡らし、最後まで語りきって一息つく。

「って、こんな話、おもしろい？　らしくないよな。俺がフランス映画なんてさぁ」

「おまえの解説はおもしろいよ、俺には」

ワイングラスを手酌で満たす周平がそう言っても、やっぱり佐和紀には不思議な気がする。

もちろん、仏映画や日独映画以上に古典的な任侠《にんきょう》シリーズを見ているから、根本的なところは何も変わっていない。でも、らしくはない。

「俺だって、映画には詳しくないからな」

そう言って笑う周平は、背筋を正して食事をしている。

上げ下げが美しい手元を眺め、料理を迎え入れ、咀嚼《そしゃく》する口元を見た。佐和紀の肌を這うくちびるが動き、時に甘噛みしてくる歯がちらりと覗く。

ついセクシャルな想像をしてしまい、佐和紀は自分の手元を見た。箸《はし》の持ち方は周平と同じだ。

礼儀作法の基本を教えてきた母は厳しかった。

茶碗を持たずに食事をして、手にした箸が吹っ飛ぶほどの平手打ちを食らわされたことを思い出す。

腹に入れれば一緒だろうと反抗したら、平皿に食事をすべて乗せた上に味噌汁をぶっかけ、好きなように食えと怒鳴られたこともある。

「やっぱり、その人がおまえの生みの親だな」

佐和紀の話に、周平が笑いを噛み殺す。

「どうしてだよ」

「性格がそっくりだ」

「どこが！ 俺はそんなことしないだろ」

「どうだかなぁ」

夕食の片付けに来た仲居が、二人のやりとりにつられて笑う。佐和紀は酒のグラスだけを持って縁側に逃げた。

箸の持ち方、姿勢の正しさ、いざという時の言葉遣い。この三つがあれば、育ちの悪さも学のなさもどうにかなると言ったのは、松浦の亡妻の聡子だった。

続きの間に布団が敷かれ、挨拶《あいさつ》を述べた仲居が消える。

グラスをテーブルに戻した佐和紀は、待ちかねていた周平から腕を掴まれた。抱き寄せられるままに身体を任せる。

「なぁ、岡崎とはまだケンカしてんの？」

聡子のことを思い出すと、その頃から一緒だった岡崎の顔が脳裏に浮かぶ。何かといってはからかわれ、怒る佐和紀を酒の肴《さかな》にして喜んでいた。でも、ここぞという時には、いつだってかばってくれたのだ。

キスを交わす周平の眉間《みけん》に、深いシワが刻まれる。

「おまえこそ、松浦組長はどうするんだ。大滝組長に、そろそろ話を通すか？」

「俺はいいんだよ。会わなきゃいいだけだから」

手首にキスされかかって身をかわす。腕からするりと逃げた。

続き間の襖を開け、寄りかかる。

「そっちの相手は若頭だろ？　組にとって、よろしくないんじゃないの？」

「それを言うなら、おまえの相手は組長だ」

佐和紀の誘いには乗らず、周平は座布団の上にあぐらをかいた。引き寄せたタバコの箱から一本取り出す。

「……一人前の口を利くんだな」

ぼそりと言って、フィルターをくちびるに挟んだ。火を点けて一口だけ吸い、佐和紀を見上げながら差し出す。

「何が言いたいんだよ。はっきり言葉にしてくれないと、俺はバカだから、わかんねぇ」

懐手でそばへ寄り、身をかがめてタバコを受け取る。

「ヤらせろよ、佐和紀」

周平の表情には酔いの気配があり、冷淡で傲慢《ごうまん》な口調をあきれ顔で見つめ返す。

「い、や、だ。そういうことだけだ。おまえが言葉にするのは」

「しなけりゃしないで文句を言うくせに」

「悪いか」

二人きりの部屋の中は、物音ひとつせずに静かだ。岡崎からの嫌がらせ電話が鳴り出してもおかしくない。

そんな頃もあった。数少ない営みを邪魔しようと躍起になっていた岡崎は、佐和紀をからかって遊んだこおろぎ組での生活を思い出したりしただろうか。

「おまえの考えていることが、俺にならわかると思ってるんだな」

新しいタバコに火を点けた周平が、眼鏡を指先で押し上げる。

物思いを切り上げ、佐和紀はうなずく。

「思うよ。周平はなんでもお見通しだろ。俺が今、欲情してるかどうかも、わかってる」

「去年のおまえはウブだった。この部屋で俺にしゃぶられて、泣き出しそうになってたよな」

「純粋でいられないことを教えた本人に言われると、意外にムカつくんだな。知らなかった」

タバコを口にくわえた佐和紀は、前髪を両手で掻き上げる。

「周平、おまえさぁ、俺が岡崎の話をしたら嫌なんだろ。……どうして？」

片方の肩に頬を近づけ、わざとらしいシナを作る。

灰皿でタバコを揉み消した周平が近づいてきて、佐和紀はまた、するりと逃げた。周平は苛立っている。

「珍しくわがまま言って甘えたと思ったら、話したいのはあの人のことか」

「誤解だ」

答えながら、佐和紀はタバコを消した。真顔で振り向く。

周平が目を細めて言った。

「本当に誤解なんだろうな。いなければいないで、さびしいって顔に書いてあるぞ」

「周平でも読み違えることがあるんだな」

生意気な言葉を投げて、佐和紀は丹前を脱いだ。そのまま、床へ落とす。腰に巻いた帯を解き、左手で自分の肩をなぞりながら浴衣をずらした。

さびしいとまでは言わなくても、岡崎のことは事あるごとに思い出す。松浦のことも同じだ。

過去があるから現在《いま》が幸せだと思う時、どうしたってあの二人を抜きには語れない。だけど、それは、周平の望まない感情だろう。

「俺と仲直りさせて、また舐め回すように見られたいんじゃないのか」

意地悪く言った周平に一瞥を投げ、

「周平が、俺を見るような、そういう目で？」

きびすを返し、浴衣を脱いだ。

背中があらわになり、ずれ落ちた浴衣の袖が抜ける直前、腕を摑まれた。嚙みつくような激しさで、周平がくちびるをふさいでくる。

「責められたいならそう言えよ。煽らなくても、きつくしてやる」

余裕をなくした男の頰に指を這わせて確かめる。

もっと見ていたいと思うのに、剝き出しになった感情は一瞬で搔き消えた。

足の間に周平の膝が割り込み、指先でなぞられた佐和紀の肌は粟立《あわだ》つ。

身をよじらせて睨むと、周平が笑いながら口を開いた。

「……セックスは感性だ、佐和紀。身体だけで楽しめるものじゃない。だから、セックスで女を操ることなんてな、簡単なんだよ」

「そういうのを、マインドコントロールっていうんだろ。本で読んだ。周平なら、セックスで宗教ができるんじゃないの」

「嫁一人、タラシ込めないのにか？　おまえが入信しないなら意味ないだろう」

「……ばっかだなぁ、もう入ってる。あぁ、まだか」

「それを言うなら逆だ。俺がおまえに入るんだから」

くだらないことを言い合いながらくちびるを吸われ、周平の帯に手をかけた。結び目をほどいて、丹前ごと脱がせる。

逞《たくま》しい肩に彫られた絵があらわになって、佐和紀は今夜もまた胸騒ぎを覚えた。

「頭で感じてる時の表情は、そそられる」

囁いた周平の指で、あご先を撫でられる。

「恥ずかしいぐらい乱れる自分を想像して、興奮してるんだろ？」

「慎みがないって言うんだよ。そーいうの。なんでも口にして……」

「言わなきゃわからないって、おまえが拗ねるからだ」

「頭で感じてるのは、周平の方だ。エロいことばっか言って。俺は言いたくない」

「言いたくないのを言わせるのがいい」

「変態」

「おまえに罵られるのは嫌いじゃない……。もっとやり返したくなるからな」

腰を抱き寄せられ、硬くなっているものが下着越しにこすれ合う。

「抱いてる相手から変態なんて言われたことないからなぁ」

周平が笑うと、息が耳元へと吹きかかる。

「背負《しょ》ってんなよ」

吐き捨てるように言って、身体を押し返した。

「俺にだけ変態行為を強要してる、ってところにさ、問題があると思うんだけど？」

二組敷かれた布団の右側へ逃げ、襖を閉めた周平が近づくのを待った。引っかかったままだった浴衣を畳へ落とす。

乾いた衣擦《きぬず》れの音の後で、佐和紀は下着に指をかける。挑発的に見つめると、周平が無言で先を促してきた。

腿丈《ももたけ》のボクサーパンツの前をずり下げて、勃起《ぼっき》している自分自身を掴み出した。見せつけながらしごくと、想像以上に気持ちよくて目を細める。ぶるりと身体が震えた。

「なぁ、このまんま、俺のオナニーショー見るつもりなの？」

無意識に、自分のくちびるを舐めた。先端から滲み出した体液を広げて、わざといやらしく亀頭をこね回す。

「それも悪くない」

「ふざけんな。来いよ」

呼びつけると、周平は股間を眺められる位置であぐらをかく。息がかかるほど近かった。

「おっ、まえ……っ」

文句をつけようとして声を飲み込んだ。

負けたくない一心で気を取り直し、手を動かした。一人でする時よりも丹念に、見せつけるための淫らな自慰を始める。

佐和紀の屹立は痛いほど張り詰め、溢れる先走りで手はスムーズに動いた。

めた。

「んっ、……はぁっ」

快感が募り、イくためだけにこすりたくなる。でも、かすかに残った羞恥心がそれを止

「……っ、は……っ」

ただ見つめているだけの周平のくちびるの端に、自分の先端を押しつけた。羞恥が肌を焼いたが、すぐにどうでもよくなる。去年は、隣の部屋で、テーブルに座った周平にフェラチオされた。それが、初めて体験する口淫だった。くちびると舌で締めつけられ、響く水音が恥ずかしくて……。でも、強烈に興奮した。

佐和紀は身をかがめ、周平のくちびるに先端をすりつけながら、黒縁の眼鏡を取り上げて床に滑らせる。

わずかに開いたくちびるに腰を進めると、迎えに出てきた舌がねろりと佐和紀のカリ首を誘い込む。

「あっ……、んっ！」

慌てて腰を引いた。

暴発寸前の股間は、じんじん痛い。イッてしまわないように握りしめたまま、佐和紀は肩で息を繰り返す。

今度は周平から近づいてきた。

逃げる余裕はなかった。尻を掴むように引き寄せられ、すぼめたくちびるで飲み込まれる。

「う、…くっ…ッ」

歯が当たらないようにしゃぶるのがうまいのは、それを教え込むうまさと比例している。

周平から二度三度とくちびるで愛撫され、腰が後を追って動く。

「んっ、……ん」

入れて、引き抜き、また押し入れる。

柔らかな周平の舌やくちびるが硬い幹に絡みつく。

「……んっ、ん、ぅ……」

佐和紀は喘いだ。快感が息づかいを濡らす。

「……っ、いきそ……っ。も、……周平っ……」

奥に出したいとねだる佐和紀の声が、欲望でうわずる。

周平に根元を掴まれ、佐和紀は相手の髪に指を絡めた。膝を肩に預ける。

「あっ！　はぁっ……、あ、あッ！」

うごめく湿った肉に、自分から昂《たか》ぶりをこすりつけて、低く唸《うな》りながら肌を震わせた。

射精が始まる。

「くっ……んっ、……はぁ、……ぁ……」

全身を巡る痺れを感じながら、崩れ落ちるように膝をつく。息が整わないうちに、周平の手で頬を引き寄せられる。

素直に顔を向けると、指で佐和紀のくちびるが開かれた。

天井の灯りを仰ぎながら開いた口の中へ、ゆっくりと垂れてくるものがある。

「んっ……」

強く目を閉じた。

不意に湧き起こる嫌悪感をやり過ごす。佐和紀に覆いかぶさった周平は、唾液と混じり合った精液を舌伝いに垂らしていた。

飲み込み難いぬめりの多さは、自分が興奮した証《あかし》だ。

顔をしかめ、喉を鳴らしながら飲み下す。眼鏡がはずされ、キスされた。自分の精子を口の中で掻きまぜられる。舌が絡み、唾液が溢れた。くちびるが触れ合うだけで、身体はじんわりと熱を帯びる。

「あ、……やっ……ッ」

身体をひねるように押し倒され、腰を背後から掴まれる。

突き出した臀部《でんぶ》に、舌が這った。

「……うっ、ん……」

刺激されてひくつくヒダに、とがった舌先がねじ込まれる。

「んんっ、ふ……ッ。ん……」

どろどろとした情欲の淀みの中に落ちた気がした。

這いずっても抜け出せない不安に駆られておののくと、後ろへ指を差し込んできた周平に、背中から抱かれる。

「そっちへ行くな」

甘い声で囁かれ、佐和紀は正気に戻った。

これは、どろどろの性欲ではなく、愛情の交歓だと、周平は甘い嘘をつく。背徳感が快感にすり替わり、性感が増す。

「あ、あっ！」

熱いくちびるが背中を這い回り、ぐちゅぐちゅと恥ずかしい水音をさせる指に穴を掻き回される。

髪を乱しながら、「早く欲しい」と口走った身体をわずかに引き起こされる。柔らかい布団の上に手をついて上半身を支えた。

「……んっ、……や、だっ……」

切羽詰まって求めているのに、周平はわざとゆっくり先端をすりつける。太い亀頭は、何度も滑った。

「も……挿れ、……んっ。……しゅうへ……、周平……っ」

「腰を揺らすと、余計に入らない。ほら、止まって……、力を抜けよ」

腰を摑んだ手が、尻の肉を撫で回す。それだけでも震える身体を、佐和紀はくちびるを嚙みながら必死で止めた。

力を抜いているつもりでも、先端が押し当たると、きゅっと締まってしまう。

「……っ。ふ……ッ」

滲んでくる涙で視界が揺れた。

「そのままだ。ゆっくり、息を吐いて」

亀頭の丸みが柔らかな肉を押し分けた。

「はぁっ……ぁ……ん」

もう抜けないところまで押し込まれ、佐和紀は大きく息を吸う。その瞬間、

「くっ……」

周平が苦悶《くもん》の声を漏らした。

佐和紀も背筋を震わせる。深い情感が湧き起こり、自分ではコントロールできない熱が全身を総毛立たせた。

上半身を支えていた腕を片方だけ周平に引っ張られ、結合の深さが変わると、穿たれる場所も変わる。新しい快感が生まれた。

「あっ、あっ……」

腰を打ちつけられて声を漏らしながら、佐和紀は片手で身体を支える。自分の声に重なる息づかいに耳を澄ました。

快感を愉しむ周平の息は弾み、腰の動きは佐和紀の中の感触をすべて味わい尽くそうと、繊細さを極める。

「あぁッ！　ん……っ、あ…ぁ…」

上半身が崩れると、引っ張られていた腕も解放された。

「う、……はっ、ぁ……ッ！」

片膝を立てた周平が、深い結合で佐和紀の腰を激しく突く。

太い性器でこすり上げられ、佐和紀は身をよじってもがいた。

「やっ……、いや……だっ」

出し入れする水音に加えて、空気の漏れる音まで混じるのが恥ずかしい。何かを拒めば、その分、何かを受け入れなければいけないことはわかっていた。それでも耐えられない。

「動けよ」

背後から抱き起こされ、その場に座った周平の腰の上で上半身を離される。周平はそのまま寝ころんだ。

「……くそっ」

仰臥《ぎょうが》した周平の腰の上に背中を見せて座った佐和紀は悪態をつく。佐和紀が腰を動かすと、結合部分が丸見えになる体位だ。周平がおもむろに腰をバウンドさせる。

「あ、ッ……！」

突き上げから腰を逃がした佐和紀は、先端だけを飲み込んだ姿でそのまま残された。

「入ってるのが丸見えだな。肉がまくれて、エロいピンクだ」

「言うから、嫌なんだ！」

「入れて欲しいって言ったのは、おまえだろ？　ほら、俺の根元まではまだあるぞ」

周平の手が伸びてきて、太い杭《くい》に広げられた結合部分をなぞる。

「ん……っ」

「俺の口の中を犯した勢いはどうしたんだ。今度はおまえのここで俺をイかせてくれよ」

「死ね、変態っ！」

「俺のフェラで天国が見えたんだろ？」

言いながら、周平は腰を回す。下から貫かれて、佐和紀は背をそらした。惰性で下がる腰を、また突かれる。

「あっ……、や……っ」

「おまえのここで、天国を見せて欲しい。なぁ、佐和紀。俺の形が、わかるだろ？」

「わかんない、わけ、ない……っ。どれだけ、デカいと思って……」

「そうだな。おまえの狭い場所が、苦しそうにヒクついてるもんなぁ。元に戻りたくて締めてるのか？ それとも俺のもので掻き回されたいのか」

上気している頬を見られていないのが救いだ。

奥歯を噛みしめて、短く息を吐き出す。

「……こすって、欲しい……」

願いを口にすると、肌が燃えるような熱さを覚えた。

周平の傲慢さに責められ、罵り返した後で激しく抱かれるのも嫌いじゃないからだ。甘く優しく蕩《とろ》けるように抱かれるのとは違う愉《たの》しみを、佐和紀は知っている。

「見られながらだろ？」

周平の腰がゆっくりと突き上がり、腰を逃がした佐和紀は、目の前の膝に手を当てて前傾した。

太い昂ぶりに、内壁をこすりつけるように腰を使う。

「まるで置きバイブで遊んでるみたいだな」

「それを言うからっ……」

怒って抜こうとする腰を、周平が掴んだ。

「悪かった、悪かった」

「嫌だ。もう、いい」

「よくないだろ」

起き上がった周平の腕が、逃げられないように佐和紀の身体を抱きしめる。胸をさすられ、乳首をこねられた。

「……怒って、んのっ、に……」

きゅっとひねられて、

「あぁっ！」

声が裏返る。

身体に走る痛みが鈍い痺れになり、佐和紀は負けた。くちびるを噛んでうなだれる。怒っているのに、恥ずかしいのに、肌の外側も内側も、周平を欲しがっていて止まらない。

「怒るな……。な？　せっかくの夜だろ？」

機嫌を取ってくる声がわざとらしい。

「佐和紀の好きな体位にしてやるから……どれがいい」

「どっちみち、恥ずかしいんだよ。ボケ」

「おまえは本当にかわいいな。取って食いたくなるよ」

布団の上に戻され、松葉崩しの体勢を経て正常位に戻る。それから、上半身を抱き上げられた。

「好きな体位だろ？」

「自信満々に言うなよ。バカじゃないか？」

睨んだが、ハズしていないから始末に負えない。

「もう、俺は動かないからな」

強い口調で念を押して首にしがみつく。肌と肌が触れ合って、佐和紀は深いため息をついた。少しだけ笑った周平の腕が、そうしようとしなくてもすり寄っていく佐和紀の動きをかばいながら背中に回る。

「んっ……」

乳首をこねられ、身体の奥が突き上げられる。

与えられる快感に身を任せ、佐和紀は目を閉じた。くちびるを吸われ、舌を返す。指先で周平の髪を乱した。

「あぁっ、……そ、こ……ッ」

どこが『そこ』なのか、周平があえて聞くことはなかった。


露天風呂に注ぎ続ける湯の音が、冷たい夜風の静寂《しじま》に響く。掛かり湯で汗と残滓《ざんし》を洗い流して、佐和紀はゆっくりと身を浸した。

本当に、静かな夜だ。

薬指できらめくダイヤを湯の中でなぞり、手を引き上げた。

結婚から始まった二人には後出しの婚約指輪だ。守ってやるから家族になろうと言った男は今、疲れ果てた身体を大の字に伸ばして深い夢の中にいる。

手をタオルで拭った佐和紀は、持ってきた灰皿からタバコを取った。口にくわえる。

一年経って、自分はすっかり変わってしまったと思う。

もしも愛したのが周平でなかったら、自分はこんなふうに変わらなかっただろう。誰かに追いつきたいと願うこともなく、文章はろくに読めず、映画を『鑑賞する』こともできなかったはずだ。

「だから、なんなんだろうな」

タバコをふかして、目を閉じる。

「どいつも、こいつも……」

自分を取り巻く男たちを一人一人思い浮かべて、佐和紀はタバコを持った手を頭上に差し伸ばした。一気に頭のてっぺんまで湯の中に潜る。

いつまでもバカな子供のままでいられたら、頭を使わずに幸せになれたのだ。松浦と岡崎の想いを理解せず、周平のような難しい男の内面を知りたいとも思わず。

ぶくぶくと息を吐き出して、耐えられるだけ沈む。

いつまでもこのままというわけには行かない。

特に松浦だ。どこかでちゃんと線引きをして、周平の手を借りずに仁義を通す必要がある。

「……仁義、か」

波立つ湯の中から浮上して、ずぶ濡れのままタバコをくわえる。自分のつぶやきを静かに笑い、数ヶ月前に戻りたいと心底から思った。

周平に抱かれ、あの胸の中で子供のようにうずくまり、傷ついた心を慰められているだけで満たされていた日々だ。それらは、いつのまにか過去だった。

セックスを重ねて、自分が変わっていくごとに、周平が違って見える。

冷徹な心の奥に深い傷と暗い情熱を持ち、セックスを玩具《おもちゃ》にしながら、純粋な愛情への憧《あこが》れを捨て切ってもいない。

佐和紀に対しても、同じ二面性がある。自由に飛び回らせたいと願いながら、自分のかごの中で閉じこもっていて欲しいと思っているのだ。

そんな周平は、生粋の嘘つきだ。

「めんどくせぇなぁ……」

ぼやいた佐和紀の頭の中には、周平の面影だけが残っていた。

かわいい嫁でいられなくて悪いなと、暗闇を見上げながら心底思う。そんなふうに振舞いたくて、そうなってやりたくて、『女』になると大見得切ったのに。

男の自分には、やっぱり、それができない。

松浦や岡崎に対する義理を欠き続けることも、周平に頼り続けることもだ。

古いアパートを見て、そう思った。

「眠れないのか？」

部屋の中から声がかかり、『ラバウル小唄《こうた》』を口ずさんでいた佐和紀は振り返った。

頭からずぶ濡れになっていることに気づいた周平が驚いた顔になる。

「落ちたのか」

「そんなとこ」

「危ないだろ。気をつけろよ」

そう言いながら、周平も浴衣を脱いで近づいてくる。

「あぁ、その前にタバコ取ってきて。あと、ビール」

「……はいはい」

肩で息をついて、周平が部屋へ戻る。二匹の唐獅子《からじし》が遊ぶ絵を見送り、佐和紀は甘い吐息をこぼす。

嘘つきで、腹黒くて、淫乱《いんらん》な悪い男だ。

好きで好きで、本当に好きで、たまらない。

誰よりも一番に愛しているから、一番、誰よりも憎らしく思える。

部屋の中から戻ってくる周平を待ちかねて名前を呼んだ。

自分の声に滲む絶対的な幸福感が、恥ずかしいほど胸に響く。

「グラスはいらないだろ」

戻ってきた周平が全裸で風呂のそばにしゃがんだ。

缶ビールを受け取って、佐和紀は笑う。

「周平」

「うん？」

穏やかな笑顔を返され、胸の奥がせつなく締めつけられる。

好きだと言いたいのに声にならず、髪にキスされた。感情が募って、鼻の奥がつんとする。

周平だけのものだと言葉にしても、どれほど身体を重ねても、このまま誰とも会わなくても。

きっと、周平は納得しない。

二人だけの世界で生きていくことなんてできるはずがないだろう。二人がひとつになれるのは、それぞれの人生が正しくひとつだからだ。絡み合わなければ、ただ重なっているだけのことで、強い風のひと吹きでバラバラにほどけてしまう。

現実を見つめ、佐和紀は心の奥でだけ息をつく。

それは甘い情愛のけだるさにも似て、佐和紀の胸の柔らかな場所を灼いた。

うずくまっていられた季節の短さを想い、周平をまっすぐに見つめる。片手を伸ばして頬に触れ、もっと大胆に抱き寄せたくなった。

両手を伸ばして引き寄せ、周平がしてくれるように抱きしめたいと思う。それが、佐和紀にはまだできない。

するより先に、周平が動いてしまうからだ。

湯の中に入ってきた周平に両腕で抱かれ、佐和紀は吐息を水面に転がして目を閉じた。

胸の片隅で、自分の知らなかった新しい感情が生まれている。それは確かに周平への愛だ。

いつか母が言ったように、愛する誰かのために死ぬことが『男』にはできる。それが男の生き様かもしれない。だけど、聡子は許さないだろう。

松浦も、岡崎も、同じだ。

「何を考えてるんだ」

周平に問われ、佐和紀はぎゅっとしがみつく。

「おまえのこと……、考えてる」

肩へ頬をすり寄せ、首筋をくちびるでなぞってキスを求める。

どちらからともなく舌で確かめ合い、視線を交わして笑う。

「ビール、飲もうよ」

身体を離そうとした佐和紀の腰に腕が絡んだ。軽く睨みつけ、そのままにする。

「……なぁ？　周平」

缶ビールを引き寄せ、プルトップを押し上げた。

「もう二度と、帰れって言うなよ」

黙った男を、今度はきつく睨んだ。

「俺は、おまえを一人にするつもりないから」

ビールをあおり、何も言わない周平の目の奥を覗き込む。

「何か、言えよ」

「……何を」

ふと歪む周平の表情に、佐和紀の胸は苦しくなる。

「周平」

かける言葉が思い浮かばず不安になった佐和紀の手から、缶ビールが奪われる。

「おまえを見てるだけで、胸が苦しくなる」

微笑みながら言った周平は、ビールを飲もうとしない。

「満足だよ。こんな恋、もう二度としないと思ってたんだ」

「うん」

うなずきながら、佐和紀は口の中で言葉を繰り返した。胸の奥がチリリと焦げる。

『もう、二度と』

周平はそう言った。一度目が、あったのだ。すべてを捨て、二人だけで生きる夢に耽溺した恋が。

「佐和紀。おまえはかわいいよ」

濡れた手でこめかみをなぞられ、ぞくりと背筋に痺れが走った。

いまさら嫉妬なんてみっともない。そうわかっていても、胸は焦れてたまらない気持ちになる。

周平の指を摑み、そっとキスをした。

「おまえのものだよ、俺は」

そんな子供だましの囁きでは、周平の飢えを満たせない。もう二度と恋をしないと決めていた男の胸についているのは、古傷じゃないからだ。今もまだ、ジュクジュクと膿《う》んで、生々しく口を開けている傷がある。

佐和紀は目をそらさずに周平を見つめた。

あの女がつけた傷も真正面から見据え、何もあきらめないでいたい。男でいることも、周平の女でいることも。

だから、二人きりの世界に行くつもりはなかった。周平がどんなに望んだとしても、かつての恋の二度目だと思われるのは嫌だ。

「綺麗な目だな」

佐和紀の覚悟も知らず、周平はやっとビールを口にする。上機嫌な声を出す肩へもたれかかりながら、佐和紀は冬の終わりの夜空を見上げた。

実家へ帰れと言った時の周平の顔を思い出す。

大人の余裕を見せ、佐和紀を気づかっていた。あの時、心の中は何を望んでいただろう。

佐和紀から親を奪うまいとしながら、秤《はかり》にかけられていることに憤りを感じなかったと言えるのだろうか。

「おまえだけが好きだよ……」

口に出して、肩にキスをした。

子供っぽく求めれば、失った時の傷が大きくなることを、この男は知っている。

「周平。好き……」

繰り返して言った。深い傷を癒すほどには届かないことを理解しながら、佐和紀は続ける。

「好きだ……」

「変だな、佐和紀」

心配した声を出す周平に髪を撫でられ、佐和紀はわざと子供っぽくくちびるをとがらせた。

きっと、忘れさせる。

胸の奥の傷も、叶《かな》わなかった夢も。

柔らかなキスが与えられ、佐和紀は閉じた目をそっと開く。

目を閉じてキスをする周平のまつげを見つめ、愛する男を抱きしめるために、ゆっくりと両手を伸ばした。

旦那の逡巡《しゅんじゅん》

薄く開いた目がどこか遠くを見つめる。

恍惚《こうこつ》に浸った瞳《ひとみ》はしっとりと潤み、次の瞬間には恐怖を感じたように周平《しゅうへい》を見た。すがるような視線に応《こた》え、汗ばんだ身体《からだ》を抱き寄せる。

高性能な空調システムも、ベッドの上で行う激しい運動には対応できない。火照《ほて》った身体をすり寄せて胸を合わせると、佐和紀《さわき》の肩がぴくっと揺れた。

「……ッ、ん……ッ」

敏感な肌がわななきに震え、濡《ぬ》れた指で撫《な》でた内太ももに鳥肌が立つ。

「はっ……ふ……」

「抱いただけだ」

わざと耳元に声をこぼすと、佐和紀は身をよじって嫌がった。周平の身体を引き剝《は》がそうとした手は、腕に触れた瞬間から、当初の目的を忘れてしまう。熱い指先にすがられ、周平はひそかにほくそ笑んだ。

「う……ん……」

喘《あえ》いだ佐和紀が目を閉じる。

周平の執拗《しつよう》な指技で粘膜の襞《ひだ》を探られ、口淫で射精したばかりの股間《こかん》は、出し切れなかった残滓《ざんし》に濡れている。下腹部に生温かい感触が当たり、周平は腰を引いた。

「また濡らしてるのか」

「……違っ、……さっき、の…ッ…」

うわずった佐和紀の声は必死だ。

「嘘《うそ》つけよ。あんなによがって果てたくせに、まただろう？」

あけすけな言葉とは裏腹に、微笑《ほほえ》みながら顔を覗《のぞ》き込む。目が合うと、佐和紀の顔から焦りが引いた。拗《す》ねたような怒ったような、甘えの強い視線が周平を射抜く。

「……何回だってしたいぐらい、気持ちよかっただろ？　どうだ、佐和紀」

「言わせんな……バカ」

小声で罵《ののし》られ、ぞくぞくとした快感が背筋を駆け上る。

今夜はもう、一通り済んだ後だ。シャワーを浴びて眠ろうと起き上がった身体をもう一度シーツに沈め、アナルとペニス、それから乳首の三点責めで喘がせた。

自分から『女になる』と言った佐和紀は文句もつけず、周平が望むままに足を開く。

一年間の我慢のすべてを注ぎ込むように、周平もセックスに没頭していた。昼間は真面目《まじめ》に働き、夜も渉外活動という名の食事会や宴会を巡り、すべてが終わればマンションへ帰る。寝室まで待てずに廊下で抱き寄せ、頭の端から一日中消えなかった媚態《びたい》を求めて、佐和紀の着物を剝いだ。

「……当たってる」

佐和紀がぼそりと言った。手で触れない代わりに腰がすり寄り、周平の先端をかすめて離れる。

「当たり前だ。お前がアンアン喘ぐのを聞いてたんだからな。今度は指じゃなくて、こっちで気持ちよくなれよ」

「……っ」

足を開かせ、滾《たぎ》った肉欲の先端をあてがうと、佐和紀は目元を歪《ゆが》めた。

「嫌か」

そうだと言われてやめる気はない。わざと意地悪く問いかけただけだ。

佐和紀は困ったように目を伏せ、おずおずと自分の両膝《りょうひざ》の裏を抱えた。腰が引き上がり、締まった臀《でん》部《ぶ》の肉が左右に広がる。周平が指でしつこくこすりあげたアヌスが丸見えだった。

乱された菊花もほどけ、内側から溢《あふ》れたローションで柔肉が赤くぬめっている。卑猥《ひわい》な場所を晒《さら》した佐和紀は唇を嚙みしめていた。羞恥《しゅうち》よりはむしろ、欲求に焦《じ》れているのだ。

交差した足首が伸び、先端の指がかすかに揺れる。

「足、開いて」

甲を、ちょんっと指で突く。すると、佐和紀は必要以上にびくっと身体を震わせた。

これからの時間を想像していることは確かだ。何気なく装っていても、整いかけていた息はもう上がっている。

「膝を開いて、もっと胸に近づけて持てよ。挿《い》れる時の顔が、見えるように」

「……っ」

小さく息を吸い込み、佐和紀は足首の交差をほどく。周平にとっては、恐ろしく長い時間だ。股間で反り返るものは、もう押し込んだ時の窮屈さを想像していて、手で摑《つか》んでもなお跳ね回る。

周平が自分で摑んで開けば、素早く済む。でも、そんなことに意味はない。

ずっと我慢を重ねてきたのは、思う通り、思うままに犯したかったからじゃない。長く忘れていた相思相愛の性交を、佐和紀とならやれると思ったからだ。

開いて開かれて、濡れて濡らされて、頭と下半身が一直線に繫《つな》がるような快感は、脳髄までが痺《しび》れてしまう。心が伴わなければどうなるかを、堕落した過去を持つ周平はよく知っている。だから、欲望をぶつけるようなことをせず、初心《うぶ》な佐和紀が快感に慣れるまで待ち続けてきた。

「……おねだりしてみようか、佐和紀」

周平はふと微笑んだ。いたずら心が、むくむくと湧《わ》き起こる。

「言えても言えなくても、挿れる。でも言ってくれたら、俺は何倍も、何十倍も気持ちがよくなる。言えよ」

「な、にを……」

ぱちぱちと瞬《まばた》きを繰り返す佐和紀は、無垢《むく》な表情で問うてくる。

恐る恐る開いた膝の内側に指先を当て、周平はそっと内腿《うちもも》を撫でおろす。緊張した肌が震えて閉じかけるのを、手のひらで待ち構えて押しとどめる。

シーツの上に転がったローションを摑み、片手で蓋《ふた》を開けた。手のひらにたっぷりと受け、熱の中に潜り込みたくて焦れている自分の根元から先端へと塗りつける。ぱんぱんに膨らんだ亀頭の先端で糸を引き、ぬめりを絡めた指をそのまま佐和紀の秘部にあてがった。充血をなぞり、顔を見る。

震えるくちびるは清廉として美しく、伏せた目が頼りないほど繊細だ。触れれば切れる研ぎ澄まされた鋼のように、瑞々《みずみず》しい瞳が決意を持って周平を映す。

セックスとはそれほど真剣に挑むものだっただろうか。

感じたことのない疑問が胸に湧き、周平は奥歯を嚙む。

身体でしか快感を感じたことのない自分と違い、佐和紀は気持ちで快感を追っているようなところがある。身体の本能ではなく、心の本能だ。わかりやすいまがいものでは納得せず、物事の真実だけを見極め、それを欲しがる。精神的な強さゆえのことだ。

そしてある意味、ひどく貪欲《どんよく》で、同じことを当たり前のように周平にも求めていた。

「ぐちゃぐちゃに、……し、て……。俺ん中、入って……」

佐和紀の声が甘くかすれる。

「いい子だな、佐和紀」

笑いながら、指先で濡れた肉をくすぐる。息を呑《の》んだ佐和紀は、膝をかかえたままでくちびるを噛んだ。羞恥と戸惑《とまど》いが交錯する中で、佐和紀はついさっきの快楽を思い出す。触れている場所がすぼまり、周平の指先にキュッと吸いつく。

「もう、指じゃ……、やだ……」

焦燥感を滲《にじ》ませ、切羽詰まった声が甘く爛《ただ》れる。いじめたくて、さらに指をねじ込んだ。ぬるりとした柔らかな肉に絡みつかれ、周平の下半身も期待感でぶるりと弾む。

「おまえが欲しいのは、こっちだな」

差し込んだ二本の指をめいっぱいに開き、その隙間《すきま》へと亀頭を押し当てた。

「根元までぶちこんで、おかしくなるぐらい腰を振って欲しいんだろ」

「……言っ、てろ……」

「期待してるくせに、な」

「ばっ……か、やろ……」

ぐっと押し黙った目に涙が浮かぶ。

芯《しん》から溶けていくような甘さで、息が止まるほどの快楽に襲われる。そんなセックスがあることを周平が知ったのは遠い過去のことだ。

ぬらぬらと光る亀頭を突き立て、ガイド代わりの指を抜く。ゆっくりとリズミカルに、じわじわと深く飲み込ませた。柔らかくほどけた花蕾《からい》は、襞を伸ばし切って、硬い男茎を包む。中をこすられた佐和紀は小さく呻《うめ》いた。うちふるえた腰が、周平をぎゅっと締める。

「こんなに熱くして……。エロい肉だよな。ぐちょぐちょに濡れて絡みついてくる。さっきよりも気持ちがいいんだろう」

甘く囁《ささや》くと、悪態をつくのも忘れた佐和紀が、ガクガクと首を揺らしてうなずく。

「あっ……ぅ……ふッ……」

「苦しいか」

「……おっき……ぃ…。出した、ばっかなのに……」

感じ入ったようにつぶやく佐和紀の内壁は狭く、声を出すだけで、濡れた肉がひくひくと小刻みに震え、絡みついてくる。周平は腰を両手で引き寄せた。ずぶずぶと押し入れ、道をつける。

「あッ……、あぁっ。しゅ…、へい…。来て……、奥まで、きて……」

佐和紀の片足が、ゆっくりと周平の肩まで伸びた。踵《かかと》で引き寄せられ、体勢が深くなる。毛の薄いふくらはぎに頬《ほお》をすり寄せ、周平は張りのある肌にきつく吸いついた。

「んっ……」

佐和紀が感じると、後ろの締めつけもよくなる。ぎゅっと狭まり、肉が波打つ。搾り取られそうな動きに眉《まゆ》をひそめ、周平は腰を突き出した。

「あっ、あっ……！」

身悶《みもだ》えるように背をよじらせ、佐和紀が喉《のど》を震わせた。淫《みだ》らな欲に浸る顔は無防備だ。閉じ切らないくちびるがわなわなと震え、なまめかしく赤い舌が覗いた。

「ぅ、ん……んっ。あっ、……奥っ。あ、あっ、あっ」

声が苦しげに揺れ動く。周平は激しく腰を振った。肌と肌がぶつかり合い、パンッパンッと音が響く。深々と差し込んだ茎を抜ける寸前まで抜き、ずくりと奥まで一息に貫く。硬い肉茎が柔襞を掻《か》き乱し、ローションがズニュッと淫雑な水音を立てる。

佐和紀の息が乱れ、あげる声も引きつれてかすれた。行き場を求めた指がシーツを引っ張り、それでは気が済まずにくちびるを覆う。

「あ、あぅ…ッ…。ん、んっ！　あぁっ、あぁん、あんっ……」

快楽を貪《むさぼ》る声を抑えきれず、佐和紀が腰を揺すった。

肩にあがっていない方の足が周平の腰をしきりと撫で、やがて絡んでくる。

激しい射精欲と戦いながら、周平はしなやかな足に指を食い込ませた。快感が一気に募り、自分を包む佐和紀の熱さに夢中になる一方で、途方に暮れた。これは自分の知っている『恋』じゃない。そう思う。

もう二度とするはずがなかった『恋』。それは、あの思い出が美しいからじゃない。みすぼらしく踏みにじられたからでもない。

あれ自体、本当に嘘偽りのない恋だったのかどうか。今は、にわかに判じがたい。

佐和紀に包まれ、佐和紀に抱かれ、周平は快楽の汗を流す。興奮することさえ忘れていた身体に点《つ》いた火は消えず、腕を伸ばして佐和紀を掻き抱いた。

なまめかしい性愛の炎に炙《あぶ》られ、重苦しい過去さえも溶けていく。

「周平っ……、周平ッ。ダメ……っ。んな、激し……っ。こわ、れる……っ」

ガクガクと揺さぶられ、佐和紀が叫ぶ。

「作り直してやる。俺が……」

佐和紀の頬に触れると、身をよじらせてすり寄ってくる。

「こわ、して……」

快楽にうわずる声は淡く溶け、周平を夢見心地にさせる。

これは『恋』だ。いつか失ったものではなく、初めて得た本物だ。

けれど、二人はまだ、それを知らなかった。

あとがき

こんにちは。高月紅葉です。

『仁義なき嫁』シリーズ第五巻・情愛編、お手に取っていただきまして、ありがとうございます。

ついに来ました。『仁義なき嫁』シリーズ一番のモヤモヤモもだもだターン。今回もまた、電子書籍版からシーンを削ったり足したりして、加筆修正を加えました。この巻で起こった問題は、次巻で回収&解決となります。そして、第一部も終了します（電子書籍では第二部も始まってます）。

今回からイラストレーターさんが変わりました。電子書籍も合わせると、猫柳ゆめこさんで四人目です。もはや「イラストレーターが固定されないのもお楽しみ」という感じになってまいりました（笑）。新しい佐和紀と周平の絵もかわいがってやってくださいませ。

この情愛編は、私が読み直してもじくじくと胸に痛いのですが、この主題に取り組めて良かったです。とっても難産だったような気がするのですが、すでに記憶は遠い（笑）。

男が嫁になる。男同士が結婚する。それってどういうことなのかと考えた結果、嫁が三歩下がって歩くような結婚ではなく、あくまでも共稼ぎ夫婦のパートナーシップとイニシアティブの揺れ方を描こうと思いました。恋は非日常ですが、結婚は日常なんだろうと思います。ずっと恋をしながら日常生活も続けていく。そして独自の価値観と傷のある過去を持っている二人が、対等に生きていくには……。

佐和紀が出した答えは、次巻に詰めました。おそらく佐和紀にとって、初めて自分の頭で考え、行動した結果です。どうぞ見届けてやってください。

今回は書き下ろしの余裕がありましたので、いつも通り周平の短編をおまけしました。ツイッターで呟いた『官能小説っぽい濡れ場』をやってみたのですが……周平の頭の中がダダ漏れのような。私としては、もっと、こう、がっつりやりたかったな、なんて。

末尾になりましたが、この本の出版に関わった方々と、最後まで読んでくださっているあなたに心からのお礼を申し上げます。またお会いできますように。

高月紅葉

はじめまして、猫柳ゆめこと申します。

単行本のお仕事も、シリーズのイラストを途中から引き継ぐのも初めての経験で緊張しています。

皆様の中のキャラクターのイメージと少しでも近いと嬉しいのですが…。

高月紅葉先生、担当様、読者の皆様、支えて下さった方々、本当にありがとうございました。

猫柳ゆめこ

＊仁義なき嫁　情愛編：電子書籍『仁義なき嫁6～情愛編～』に加筆修正
＊旦那の逡巡：書き下ろし

ラルーナ文庫

この本を読んでのご意見・ご感想・ファンレターなどお待ちしております。〒110-0015 東京都台東区東上野5-13-1 株式会社シーラボ「ラルーナ文庫編集部」気付でお送りください。

仁義《じんぎ》なき嫁《よめ》　情愛編《じょうあいへん》

2016年2月7日　第1刷発行

著　　　者｜高月紅葉《こうづきもみじ》

装丁・DTP｜萩原 七唱

発　行　人｜菅 仁警

発　行　所｜株式会社 シーラボ
〒110-0015　東京都台東区東上野 5-13-1
電話　03-5830-3474／FAX　03-5830-3574
http://lalunabunko.com/

発　　　売｜株式会社 三交社
〒110-0016　東京都台東区台東4-20-9　大仙柴田ビル2階
電話　03-5826-4424／FAX　03-5826-4425

印 刷・製 本｜シナノ書籍印刷株式会社

　ISBN987-4-87919-887-7